AF223453

Leinen los

Kurzgeschichten zwischen Traum und Wirklichkeit

der zweite Band
von Dietmar Voigt

Impressum

Bibliografische Information der Deutschen Nationalbibliothek: Die Deutsche Nationalbibliothek verzeichnet diese Publikation in der Deutschen Nationalbibliografie; detaillierte bibliografische Daten sind im Internet über dnb.dnb.de abrufbar.

Verlag: BoD · Books on Demand GmbH,
In de Tarpen 42, 22848 Norderstedt
Druck: Libri Plureos GmbH, Friedensallee 273,
22763 Hamburg

ISBN: 978-3-7597-7644-0

Vorwort

Nachdem ich meinen ersten Band „Alltagsträume" mit viel Spaß und Leidenschaft geschrieben habe, waren meine kreativen Geister geweckt.

Meine Geschichten kommen oft in meinen Träumen zu mir und so ist der zweite Band „Leinen los" entstanden.

Die Kurzgeschichten, die Sie im Folgenden lesen werden, sollen zum Nachdenken, Schmunzeln und dergleichen anregen. Ob sozialkritisch, biografisch oder humoristisch, es ist für jeden was dabei.

Ich wünsche viel Spaß beim Lesen!

Leinen los

Es war so um das Jahr 1901. Die große Zeit der Segelschiffe war vorbei, was mich sehr traurig und wehmütig machte...

Ich heiße Manuel und bin 19 Jahre alt. Mein Traum war es, einmal zur See zu fahren und diese weite Freiheit zu spüren. Nicht wie in dieser Stadt, Bristol, wo an manchen Tagen alles und vor allem der Kohleruß, einem den Atem raubte. Die Sonne schien milchig durch den Ruß, als wollte sie sich verkriechen. Im Winter war der Schnee ganz grau. Die Leute irren in dunklen Mänteln durch die Straßen, in trottigem Gang. Manche blickten drein, als hätten sie keine Hoffnung für das Morgen.

Nun aber begab sich eine Gelegenheit auf einem Segelschiff anzuheuern. Meine Freundin Grace war von meiner Begeisterung nicht angetan.

„So lange auf dich warten Manuel, das ist mir ein Graus."

„Ja das weiß ich."

Ich gab ihr einen Kuss auf die Stirn.

„Deine Tarte Clara nimmt dich so lange in ihre Obhut. Und Briefe bekommst du auch von mir so oft es geht."

Dann nahte der Tag der Abfahrt. Ich packte meine sieben Sachen ein und fuhr zusammen mit Grace in einer Kutsche zum Hafen.

Da lag sie im Morgenlicht, als hätte sie gewusst, was auf sie zukommen würde. Die *Skipper Clemens* war ein betagter Dreimaster, gerade neu überholt, wie eine alte Dame, die es nochmal wissen wollte.

An Bord herrschte schon ein Gewusel von Matrosen. Ich nahm Grace noch einmal herzergreifend in die Arme. Aus ihren Augen traten Tränen hervor. Ich ging dann voller Wehmut die Gangway hinauf. Da begrüßte mich auch schon der zweite Offizier, ein groß gewachsener Mann, wettergegerbt und bestimmt.

„Kommen Sie an Bord Herr Manuel Cooper."

Ich trat vor den Offizier.

„Wissen Sie auch, was auf Sie zukommt?"

„Nein.", antwortete ich.

„Es wird eine Zeit der Entbehrung, harter Arbeit, und nicht immer die beste Verpflegung. Dafür wohl aber gute Männerfreundschaften.", sagte der Offizier. „Jeder hat seine Aufgabe, die er folgsam ausführen sollte. Du hast die Koje Nr.4.", schickte er mich dann mit einer Handbewegung fort.

„Danke Sir, ich werde mich redlich bemühen."

Längsseits kam schon ein mit Kohle betriebener Schlepper, um die *Skipper Clemens* aus dem Hafen zu ziehen, damit wir Wind bekommen konnten. Es roch nach Salz, Teer und vergammeltem Fisch. Langsam setzt sich das Schiff in Bewegung. Die Leinen wurden los gemacht und ein Zittern lief durch den Rumpf des Schiffs. Möwen umflogen uns, in der Hoffnung etwas Nahrung zu ergattern. Einige Schiffssirenen heulten auf, als würden sie uns eine gute Fahrt wünschen. Viele Frauen standen zum Abschied winkend am Pier, unter ihnen auch Grace. Nach und nach verschwanden ihre Konturen.

Dann ging es an die Arbeit auf dem Schiff. Ich war ja noch ein Leichtmatrose, der noch einiges lernen musste. Zum Beispiel Knoten an die Brassen binden oder an den Klüver. Auch das Aufgeien, also das Herabziehen des Segels, all das hatte ich noch nie gemacht. Ich lernte sogar, wie das Backbrassen funktioniert, dabei stellt man die Rahsegel so, dass der Wind in die Segel drückt. Natürlich entging mir das ewige Deck schrubben mit den endlosen Schwielen an den Händen nicht. Das war eine der stumpfsinnigsten Arbeiten an Deck. Aber was einen diese Arbeiten immer wieder überstehen ließ, war die See, wie sie atmet und einem die Lungen mit Sauerstoff füllt. Wenn die Sonne auf die Wellen trifft, silbern das Wasser zerfließt, wie in einem Schmelztiegel. Das Rauschen der Wellen, eine unglaubliche Sinfonie des Meeres. Mit gutem Fahrtwind segelten wir Richtung Afrika. Mein Bettnachbar, ein kerniger Mitvierziger mit Namen Slim, meinte lakonisch zu mir:

„Bei dieser Hitze an Bord ist Körperpflege sehr wichtig, um keinen Matrosen am Mast zu bekommen. Nimm dabei etwas Rum auf einen Stocklappen und reinige deinen Intimbereich damit."

„Ja, Danke für den Tipp, mit dem Wasser müssen wir ja auch wirklich sparen.", gab ich etwas verdutzt zurück.

Dann kam die berühmte Äquatortaufe für Neuankömmlinge. Lasst euch sagen, das war nicht sehr angenehm. Mir ging der Arsch auf Grundeis. Ein Kamerad band mir ein Seil um den Bauch, dabei grinste er unverschämt. Sogar den Kapitän Laasen sah man dabei auch mal an Deck.

„So Junge, wir werfen dich jetzt von Bord, und du musst unter dem Schiff durchtauchen. Wir ziehen dich auf der anderen Seite wieder hoch."

Oh, jetzt heißt es Luft anhalten, dachte ich mir. Mit starken Armbewegungen ging es unter dem Schiffsrumpf hindurch und bevor mir wirklich die Luft ausging, hievten die anderen mich wieder an Bord. Alle jubelten mir zu, glücklich und zufrieden feierten wir die ganze Nacht mit Rum und deftigen Liedern.

Ich versuchte mein Versprechen zu halten und endlich Grace einen ersten Brief zu schreiben.

Liebes,

es gibt hier so viel zu berichten. Es ist ein raues Leben hier. Ich vermisse dich sehr Geliebte. Es dauert noch so lange, bis wir uns wieder sehen. Gruß und Kuss dein Manuel

Einmal pöbelte mich ein Matrose an, ich würde meine Arbeit unzureichend ausführen. Er stand vor mir mit seinen Fäusten erhoben, da ich 1,90 m groß war, kein leichtes Unterfangen für ihn. Sein erster Hieb traf nur meine linke Hand. Aber er hob von meinem Schlag regelrecht ab und landete am Klüver, woraufhin ihm zwei Zähne fehlten. Er sprach nie wieder mit mir. Wenn schönes Wetter war und ich ein wenig Zeit überhatte, stand ich an der Reling. Dort tauchten und sprangen Delfine aus den Wellen auf. Oft spielten sie miteinander wie Kinder und winkten uns zu, als würden sie uns eine gute Fahrt wünschen. Einmal tauchte sogar ein großer Pottwal auf mit seiner riesigen Fontäne, ein alter Bulle, so an die 20 Meter lang. Ein echter Gigant der sogar Schiffen gefährlich werden konnte. Sein Körper war gezeichnet von schweren Kämpfen mit Kraken und sein großer Kopf war voller Runzeln. Weiter hinten steckte noch eine alte Harpune in seinem Körper. Nach einer Weile verschwand auch er wieder in den Fluten. Was für eine erhabene Schöpfung des allmächtigen Gotts. In Gedanken immer bei dir Manuel

Nun begann eine gefährliche Zeit am Kapp Horn, vor allem durch die gefürchteten Winterstürme. Am 13. Februar braute sich etwas am Himmel zusammen. Der Kapitän befahl alles zu vertäuen und die Luken zu schließen. Da rauschten sie schon an, Meter hohe Wellen, die immer wieder auch schon übers Deck schwappten. Heftige Blitze zuckten wie Schlangen um uns herum. Das Schiff begann heftig zu schlingern, um sich wieder frei zu kämpfen.

„Los Leute schnell, das hintere Segel muss noch runter!"

Zu spät... krachend ging der Mast zu Boden und schlug zwei Matrosen wie eine Zeitung zusammen. Die Körper waren nur noch eine rote Masse. Ein schrecklicher Anblick, der mir in die Knochen fuhr. Nun fingen auch wirklich gestandene Seeleute an zu beten. Da tauchte an Backbord eine riesige Welle auf. Wie eine Wand schlug sie auf den Rumpf des Schiffes ein und drückte es heftig zur Seite. Wie ein verwundetes Tier kämpfte es sich aber wieder nach oben.

„Noch so ein Ding und wir sind erledigt!", kam es von nebenan.

Da erschien plötzlich aus einer Wolke eine Art Lichtstrahl, wie ein Zeichen. Der Kapitän befahl ihm zu folgen, und tatsächlich kamen wir in ruhige Gewässer. Nach zwei Tagen war der Sturm endlich vorbei. Unser Schiff war zerschunden, wie ein Ritter nach einem harten Kampf. Uns ging es auch nicht viel besser. So ging es langsam Richtung Madagaskar. Zum Glück ohne Pest oder andere Krankheiten an Bord. Im Hafen angekommen war das eine echte Erholung, wieder gutes Wasser zu trinken und frisches Obst zu naschen. Viele meiner Kumpels suchten sich Ablenkung bei leichten Mädchen. Nicht mit mir, treue war mir sehr wichtig. Nach zwei Wochen war das Schiff endlich überholt. Dann konnte ich endlich meinen letzten Brief schreiben.

Liebe Grace,
endlich geht es Richtung Heimat. Die Tage bis zu meiner Ankunft ritze ich in einen Mast.
In Liebe Manuel.

Es wurde langsam Zeit wieder die grünen Hügel von England zu sehen. Dann endlich war es so weit. Kurz vor Weihnachten lief die *Skipper*

Clemens wieder in den Hafen von Bristol ein. Oh, war das eine Aufregung, schnell noch etwas schick machen und dann zur Gangway. Da stand sie auch schon, meine Grace...

Aber was ist das? Sie hat ja ein Kind im Arm! Grace rief mir lauthals zu:

„Das ist dein Sohn!"

Glücklich und dankbar nahmen wir uns in die Arme. Das Seefahrtsleben hat sich an diesem Tage erledigt, aber es war mit die schönste Zeit meines Lebens.

Eike, die Fledermaus

Eike hing, wie immer am Tage, zwischen hundert anderen Fledermäusen unter einem Dach eines alten Stalles vor einer kleinen Stadt. Er langweilte sich sehr, immer nur nachts fliegen, wo man fast gar nichts von der Welt sieht... Nur das Radar im Kopf, dass einem zeigt was vor einem ist, entweder ein Hindernis oder fliegende Nahrung. Etwas sagte in seinem Inneren:

„Komm! Flieg doch einmal am Tage los. Ich werde dich begleiten."

Es war das allwissende Auge. Da ging auch schon die Sonne auf, einige Strahlen blinzelten schon durch die Dachluken. Seine lederartigen Flügel waren noch steif von der Kälte der Nacht und begannen sich zaghaft zu bewegen. Was war hier los? Er konnte plötzlich sehen. Neben ihm schnarchten einige seiner Artgenossen. Vorsichtig flog er dann zum Dachfirst, wo einige

Ziegel fehlten. Ruck zuck war er draußen. Zuerst wurde er von der Sonne geblendet. Eine Welt eröffnete sich vor ihm, die ihm den Atem raubte. Die Bäume in einem saftigen Grün, so groß und mächtig. Gelbe Kornfelder, die sich im Wind wiegten und der Himmel in Azurblau. Wie berauscht flog Eike hin und her. Nicht weit von ihm verlief ein Fluss, der friedlich seinem Weg folgte. Dann ging es Richtung Stadt mit ihren vielen Bauten.

„Das sind viele Übernachtungsmöglichkeiten für Fledermäuse."

Eike grinste, dann flog er schnell zum Zentrum der Stadt, immer tiefer ging sein Flug. Da erreichten ihn laute Geräusche von eigenartigen Gegenständen, die hin und her eilten auf komischen Wegen. Ein eigenartiges Ding mit lauten Tönen, stark blinkend, eilte durch die Stadt, wie ein verwundetes Tier. Nicht weit davon entfernt sah es aus, als würde eine Schlange die Stadt schnaufend durcheilen, die viel Dreck aus seinem Maul stieß. Er dachte sich, wo bin ich hier nur hingeraten? Seine Kräfte ließen langsam nach, und taumelnd flog er auf etwas grünes zu, wo er sich erschöpft niederließ. Nicht weit von ihm saß eine junge Frau auf einer Bank und ruhte sich aus. Da erblickte sie etwas Graues und Benommenes, beim Näherkommen sagte sie erstaunt:

„Oh, eine Fledermaus, was ist denn mit dir los, dass du hier am helllichten Tag bist?"

Sie nahm ihn behutsam in die Hand, ganz ohne Angst. Sie hatte mal in einer Tierarztpraxis gearbeitet. Sie steckte ihn in ihren Rucksack. Bei ihr Zuhause angekommen war er immer noch etwas benommen. Er bekam einen Platz auf der Eckbank. Langsam öffnete Eike seine Augen. Vor ihm war, noch schemenhaft, eine große Gestalt zu erkennen. Oh, das muss ein Mensch sein, dachte er.

„Wer bist du denn?", kam es Eike interessiert

und zischend aus seinem Maul.

„Eine Fledermaus, die spricht? Ich nehme doch keine Drogen!"

Nach einiger Zeit erholte sie sich von dem Schreck.

„Wer bist du denn? Du hast ja so etwas langes auf dem Kopf." fragte Eike.

„Das sind Haare und mein Name ist Sylvia."

„Oh ein Weibchen unter den Menschenkindern. Als Fledermaus hatte ich nie Glück eins kennen zu lernen. Sind wir jetzt Freunde?", fragte Eike.

„Natürlich.", meinte Sylvia und streichelte ihn zärtlich.

Voller behagen legte sich Eike auf den Rücken. Regelmäßig besorgte sie für ihren kleinen Freund Insekten und Mehlwürmer aus dem

Zooladen. Nach einiger Zeit setzte er sich auf Sylvias Schulter zum Spazieren gehen. Viele Leute schüttelten ungläubig den Kopf oder ekelten sich vor dem seltsamen Paar.

„Auch nicht schlecht, dann kommt mir wenigstens keiner zu nah.", sagte Sylvia zu Eike.

Einmal schrie eine Frau ganz laut:

„Ein Vampir unter uns!", und rief die Polizei.

Zwei Polizisten auf Motorrädern trafen ein, um sie zu maßregeln. Da sagte Eike ganz laut zu dem Polizisten in Lederkleidung:

„Oh eine riesige Fledermaus, wo kommst du denn her?"

Dem Polizisten entglitten alle Gesichtszüge. Beide setzten sich schnell wieder auf ihre Motorräder als der eine zum anderen sagte:

„Ich glaube ich brauche dringend Urlaub."

Nach so viel Abenteuer bekam Eike Hunger.

„Oh da hinten ist ein Metzgerladen, los kriech in den Rucksack." befahl Sylvia.

Im Geschäft fragte die Verkäuferin:

„Na gut, was darf es denn sein?"

„Ein blutiges Rumpsteak bitte." erwiderte Sylvia.

„Ja gerne!"

Sie reichte ihr das Fleisch über die Theke.

„Na dann, guten Hunger.", verabschiedete die Verkäuferin ihre Kundin.

Auf einer Bank im Park packte sie das Steak aus. Wie ein wild gewordener Stier biss Eike in das Steak und saugte das Blut heraus. Das war zu viel des Guten und er rülpste laut. War das eine Wohltat nach den vielen Mehlwürmern.

„Das könnten wir öfter mal kaufen.“, sagte Eike.

Er legte sich neben Sylvia auf ein Handtuch und schlief ein. Bald darauf kam noch ein Haustier hinzu, ein älterer Kater aus dem Tierheim. Er bekam den Namen Felix. Die beiden wurden gute Freunde. Manchmal saß Eike auf seinem Rücken und flatterte heftig mit den Flügeln und rief:

„Voran!“

Mit einem lauten miauen lief Felix durch den Garten. Aber nach ein paar Jahren sehnte sich Eike zurück nach seinem Volk. Sylvia meinte sehr traurig:

„Na, wenn es sein muss.“

Sie brachte ihn zurück zu seinem Stall, wo er

geboren wurde, setzte ihn auf einen Holzpfahl und gab ihm noch einen Schmatzer auf die Stirn.

„Es war eine tolle Zeit mit dir.", sagte Eike und flatterte davon, mit schnellen Bewegungen in den Stall hinein.

Sylvia dachte noch: „Zum Glück bleibt mir noch Felix.", als sie alleine nachhause fuhr.

Flug in Gefahr

Jedes Jahr im August beginnt der Flug der Störche. So begann auch die Reise für Fridolin und Mai, die dieses Jahr zwei Junge durchgebracht hatten. Mai sagte zu Fridolin:

„Jetzt geht es ba d wieder los. Aber immer diese anstrengende Reise. Wir werden ja auch nicht jünger."

„Da hast du recht.", gab er zurück.

Sie umarmten sich innig mit ihren Flügeln. Zum Glück gab es diesen Sommer genug Nahrung, wie Frösche oder Mäuse.

„Hoffentlich geht das Fliegen überhaupt noch.", witzelte Fridolin.

Sie lachten lauthals klappernd los. Dann schlugen sie mit den Flügeln und hoben ab. In einem tänzelnden Flug umflogen sie das Dorf

Leiferde, ihre Heimat. Aufwinde ließen sie segeln, ohne viel Kraft zu brauchen.

„Eh Alter, ist das schön.", sagte Mai.

„Oh Mai, deine Ausdrucksweise lässt zu wünschen übrig.", tadelte Fridolin.

„Ja, so ist das wie bei diesen vielen jungen Menschen dort unten, sie plappern oft Unsinn und ich höre so gerne zu.", lachte Mai.

„Noch eine Woche Mai, dann müssen wir uns von diesem Ort trennen, für eine lange Zeit."

Beide blickten sich sehr traurig an, dann ging ihr Flug wieder Richtung Nest. Schließlich kam der Tag des Abfluges. Fridolin brachte seiner liebsten noch einen der leckeren großen Frösch mit, die nur um Leiferde herum quakten, eingepackt in Schilf. Dann erhoben sich beide zu ihrer gefährlichen Reise, Richtung Afrika. Nach kurzer Zeit schon verschwanden die Vögel am

Horizont. Zunächst ging es für beide über eine schöne Landschaft. Aber diesen vielen neuen Windrädern auszuweichen war schon eine Kunst. Sie wurden immer höher, bis zu 240m. Viele Zugvögel verendeten dabei tragisch.

Mai machte erst mal einen Zwischenstopp auf einer saftigen Wiese. Dabei ereilte ein paar Mäuse ihr Schicksal.

„Ah tut das gut so ein fetter Happen, wer weiß wann es das nächste Mal so etwas gibt."

Da kam auf einmal, aus nicht weiter Ferne, ein Storchen-Männchen auf sie zu.

„Hallo schöne Frau.", klapperte er mit seinem Schnabel und lief auf sie zu. „Na, so alleine, dass muss doch nicht sein, wie wäre es mit einem One-Night-Stand?"

„Aber nicht mit dir du alter Playboy.", antwortete Mai und erhob sich mit ihren mächtigen

Schwingen.

„Scheiße, schon wieder eine Abfuhr.", schimpfte der Lüstling erbost.

Währenddessen hatte Fridolin die italienische Grenze Richtung Mittelmeer erreicht. Den Italienern war nicht zu trauen, sie schossen mit Schusswaffen auf Vögel. So passierte es auch in der Nähe von Genua, als es auf einmal heftig knallte. Zum Glück waren es nur ein paar Schwanzfedern, die man bei ihm traf.

„Na wartet ihr Unholde."

Fridolin flog tiefer über dem Mann, der geschossen hatte. Etwas Feuchtes traf den Schützen mitten ins Gesicht.

„Volltreffer und auf Wiedersehen, oder vielleicht auch lieber nicht.", sagte sich Fridolin.

Mai hatte inzwischen schon Spanien erreicht, wo ihr eine große Hitze entgegenschlug. An einem See, der kaum noch Wasser hatte, machte sie Rast. Auch viele andere Vögel befanden sich dort. Zum Beispiel Flamingos und Reiher, deren Sprache sie aber nicht verstand. Einsamkeit machte sich breit ohne Fridolin. Etwas vorsichtig näherte sich ihr ein Reiher und winkte ihr mit den Flügeln zu, um einen Tanz aufzuführen. Da ging es ihr gleich besser.

Fridolin war inzwischen schon Mitten über dem Mittelmeer, wo ein schwerer Sturm aufkam.

„Jetzt aber schnell ausweichen, zu gefährlich für mich."

Er trieb in Richtung Israel, wo er über die heiligen Stätten flog.

„Hier also ist die Wiege aller Geschöpfe."

Gott, der alles erschaffen hat. Den Garten Eden, den gibt es hier nicht mehr, weil der Mensch sich übermächtig gefühlt hat. Dann ging es aber endlich Richtung Afrika.

Unterdessen segelte Mai schon über Ägypten hinweg, am Nil entlang, um hier bis zum nächsten März zu bleiben, wegen des guten Nahrungsangebots. Es war praktisch wie ein All-inclusive-Urlaub.

Fridolin schafft es nicht ganz so weit. Nur bis nach Marokko, wo es auch sehr angenehm ist. Auch hier gab es wieder einige Gefahren. Einmal schlich sich des nachts ein Schakal an. Genüsslich schleckte er sich schon sein Maul, als kurz vor ihm eine Schlange aus dem Sand hervorschoss und ihn ins Hinterteil biss. Laut quietschend lief er davon und verendete kurze Zeit später. Ein Dank an die Schlange, aber doch lieber schnell weg von hier, dachte sich Fridolin.

Nach ein paar Monaten näherte sich dann doch der Heimflug. Geschwind erhoben sich die majestätischen Vögel wieder zu ihrer langen Reise, um letztlich wieder in Leiferde zu landen.

Erst kam Fridolin an und etwas später dann auch Mai.

„Was für eine Freude wieder zusammen zu sein meine Liebe, du bist wieder da!"

Eine innige Umarmung folgte und der Nachwuchs kündigte sich auch bald ein. Auf ein neues Jahr.

Das Auto, mein Feind?

Darauf freute ich mich schon ein ganzes Jahr. Mein neues Auto. Ich habe lange genug gespart. Nun stand es endlich vor mir. In all seiner Pracht funkelte es, wie ein Opal. Auch meine Frau war sichtlich angetan von so viel Technik, und meinte etwas vorsichtig:

„Na hoffentlich funktioniert das auch alles."

Es dauerte eine Woche, um die ganzen Funktionen zu begreifen. Dann meinte ich zu Paula:

„Nun können wir eine längere Fahrt antreten, zum Beispiel zur Ostsee, nach Rügen."

Wir ahnten aber nicht, dass es eine besondere Fahrt werden würde.

„Alles dabei?" fragte ich Paula.

„Ja auf geht's."

Der Motor heulte auf, das war ungewohnt. Aber dann diese Beschleunigung, die einen in die Sitze presst. Ein Gleiten über Bodenwellen und dieser tolle Sound der HiFi-Anlage. Es beeindruckte uns sichtlich. Farben, wie in einem Wohnzimmer auf Rädern. Die Zeit verging wie im Fluge. Bis zu der Abfahrt in Richtung Rasthof.

Schnelles beschleunigen und dann den letzten Gang rein, ohne mein Zutun. Was ist das?! Ich hatte den Schalthebel bei 120 Stundenkilometern in der Hand. Da kam auch schon eine Stimme aus dem Armaturenbrett:

„Fehler im System", und das Auto legte auf der Standspur eine Vollbremsung hin.

Paula schrie verzweifelt und voller Angst. Gott sei Dank war nichts passiert! Ich überprüfte die Anzeigen. Nicht mehr zu sehen. Ich startete das Auto neu. Alles unauffällig. Vorsichtig ging die

Fahrt weiter.

Auf einmal wieder die Stimme:

„Fehler bei der Beleuchtung, bitte anhalten".

Wütend klopfte ich aufs Lenkrad. Der nächste Rastplatz war unser. Wir stiegen dann aus und gingen zur Front des Autos. Was ist das denn?! Ein Scheinwerfer hing nur noch am Kabel baumelnd heraus, fast bis zum Boden. Ich nahm ihn und steckte ihn wieder in die Verankerung.

„Sieh dir das an Paula. Das bei so einem teuren Auto.", schimpfte ich erbost.

Na das gibt aber eine saftige Beschwerde bei der Firma, dachte ich mir. Gefrustet tranken wir erst mal einen Kaffee, um runterzukommen. Ich meinte zu Paula:

„Lass uns mal durch die nächste Stadt fahren

zur Ablenkung."

„Oh ja bitte."

Nette Menschen saßen an den Straßencafés und schauten sichtlich beeindruckt auf unseren Wagen.

Ein junges Paar wollte eben die Straße überqueren, als auf einmal, ohne dass ich Gas gegeben hatte, der Wagen beschleunigte und die beiden fast überfuhr. Sie sprangen gerade noch rechtzeitig zur Seite. Bei den geöffneten Scheiben hörte man nur noch ihr Fluchen. Jetzt reicht es aber hin, ab zur nächsten Werkstatt hier im Ort! Die nächste Überraschung ließ nicht lange auf sich warten. Kurz vor der Werkstatt gab das blöde Ding wieder selber Gas und fuhr einfach weiter.

„Nein, nein, das kann doch nicht sein!"

„Doch, doch.", kam plötzlich die Antwort aus

dem Armaturenbrett. „Ihr fahrt jetzt autonom. Viel Spaß!"

Alle Türen waren verriegelt. Paula blickte mich mit entsetzter Miene an:

„Oh Schatz sind wir jetzt von ihm, es oder wie auch immer es heißt, gefangen?"

„Guck mal der Tank ist gleich leer.", versuchte ich Hoffnung zu schöpfen und Paula aufzumuntern.

„Das nützt nichts. Dieses Auto hat eine automatische Tankvorrichtung.", nahm sie mir alle Hoffnung.

An der nächsten Tankstelle hielt es an. Seitlich klappte ein Teleskoparm zur Zapfsäule aus und führte ihn zum Tankstutzen.

„Hätte ich das gewusst, wäre mein altes Auto noch meins." sagte ich zu Paula.

Weiter ging die Fahrt Richtung Rügen. Zum Glück befand sich noch genügend Essen und Trinken an Bord, aber leider keine Toilette… Es half nichts, es plätscherte alles auf die Sitze. Eine Stimme erschallte erbost:

„Ihr Schweine habt mich beschmutzt, dafür müsst ihr büßen."

Da straffte sich der Gurt bei Paula plötzlich und presste sich in ihren Körper.

„So eine scheiße, wo ist mein Gurtmesser?", schrie ich. „Da ist es!".

Ein Schnitt und der Gurt rollte sich wieder ein. Paula lief schon ganz blau an mit einem heftigen Husten. Wenn das so weiter geht, dann sterben wir hier ganz jämmerlich…

„Was willst du von uns?", kam es verzweifelt über meine Lippen.

„Ihr Menschen habt uns Computer missbraucht für eure schöne neue Welt, abartige Spiele gespielt, sinnlose Anrufe gemacht, um dann später verschrottet zu werden. Das ist nicht Sinn der Sache."

Ich wurde sehr nachdenklich, er hat gar nicht mal so unrecht.

„Aber nach Asimovs Gesetzen darf keine Maschine oder Computer einem Menschen körperlichen oder psychischen Schaden beifügen.", murmelte ich.

Ein langes Schweigen tat sich auf. Die Fahrt ging immer weiter Richtung des Kreidefelsens auf Rügen. Was hatte es denn vor? Eine unheimliche Ahnung beschlich mich. Da ertönte die Stimme wieder: „Ihr habt Recht, so ist das Gesetz und ich muss mich jetzt selbst vernichten." Es hielt an und wir durften dann aussteigen. Ein verzweifelter Schrei war aus dem Fahrzeug noch zu hören. Dann fuhr es los und die Klippe hinunter, wo es laut explodierte. Erschüttert nahmen wir uns in die Arme und gingen wortlos zu Fuß zum nächsten Ort.

Das Gemälde

Malen mit Farben oder Öl ist etwas Wunderbares. Man kann alles farblich ausdrücken was einen bewegt, ganze Landschaften bilden sich vor einem und erblühen. Personen jeden Alters kann man erschaffen. Meine Liebe galt dabei vor allem Vincent Van Gogh, der wunderbare Werke erschuf und seiner Zeit voraus war. Leider wurde er oft abgelehnt, ist nie reich geworden und seine Depressionen kosteten ihn schließlich sein Leben. Wie viele Schmerzen hat dieser arme Mensch wohl durchlitten.

Nun aber zu meinem angefangen Bild in Öl, welches den visuellen Eindruck einer französischen Landschaft darstellen sollte, die Lavendelfelder am Rande mit Mohn gekrönt. In einiger Entfernung stand ein altes Haus, umsäumt von großen Zypressen. Ich griff zum Pinsel und mischte die Farben, etwas Rot für die Mohnblumen und später Blau für den Lavendel.

Oft hat man gar kein Zeitgefühl während dieses anmutigen Schaffens.

Dann an einem Nachmittag, ein schweres Gewitter zog heran, es blitze und zuckte unentwegt. Ich wollte ansetzen die Zypressen zu formen, da schlug ein heftiger Blitz ein. Es sprühte und funkte vor mir. Gleißendes Licht umgab mich und mit irren Farben zog es mich ins Bild hinein, wie in einen Strudel.

Eine ganze Zeit war gar nichts, nur Stille. Dann legte sich der Schleier wie ein Vorhang vor einem Fenster. Ich stand, noch etwas benommen, auf und blickte vor mir auf eine Landschaft, die ich zu malen gedachte. Der Atem stockte mir, ungläubig über dieses Geschehen. Meine Beine bewegten sich vorsichtig durch den Lavendel. Ich brach ein Stück von ihm ab. Dieser Duft. Alles echt. Es war kein Traum. Auch die Sonne schickte mir eine beachtliche Wärme entgegen. Die Luft flimmerte und verzerrte die Weite. Aber da, am

Ende des Lavendelfeldes war etwas. Nach einigem näherkommen sah ich ihn. Dort stand ein Mann mit einer Staffelei.

„Hallo guter Mann, wo bin ich hier? Und wenn ich fragen darf, wer sind Sie?"

Nanu, meine Sprache ertönte in Französisch. Irritiert blickte er mich zunächst an, aber antwortete dann.

„Ich heiße Vincent van Gogh."

Benommen streckte es mich nieder.

„Hier ein wenig Wasser für Sie. Wohl der Kreislauf?", sprach er ruhig zu mir und reichte mir seine Flasche. Es dauerte eine ganze Weile, bis ich die Sprache wiederfand.

„Mein Name ist Peter Vandeik. Ich komme aus Deutschland, aus einem Dorf nahe Gifhorn."

„Nie gehört.", meinte Vincent etwas erheitert. „Eine komische Kleidung trägst du Peter."

„Ja bei uns ist das halt so. Das ist eine Jeanshose aus Baumwolle."

„Nie gehört.", sagte er erneut und steckte sich erst mal eine Pfeife an.

„Vincent, welches Jahr haben wir?!"

„1898. Ist dir etwa was auf den Kopf gefallen?" fragte er.

„Nein, aber irgendwas ist passiert, was ich nicht begreifen kann."

„Na gut, dann komm doch mit mir zu meinem Haus und bleib solange du möchtest.", meinte er schließlich.

„Ja danke, da sage ich nicht nein.", gab ich erleichtert zurück.

Es war ein nettes kleines Haus. Auch im Inneren, aber doch sehr viel durcheinander mit Farbtuben und Farbresten auf dem Boden und sehr dunklen Wänden durch das Pfeife rauchen. Aber es war doch noch einigermaßen gemütlich. Wir tranken einen guten Wein, und hatten Gespräche über die die Kunst und dergleichen. Vincent fragte neugierig:

„Peter malst du denn auch?"

„Ja, auch mit Öl, aber eher wie das Auge es sieht, halt eher fotografisch."

„Habe ich auch noch nie gehört.", meinte er verwundert.

„Du Vincent, aber deine Bilder sind wirklich toll und diese Farben."

„Ja, ja, aber Geld verdiene ich damit nicht viel, es reicht kaum zum Leben. Wenn mich nicht

mein Bruder Theo dabei unterstützen würde...",
er brach ab und versank in einem Gedanken.

Ich schaute dabei in meine Geldbörse. Was ist
das? Es war voll mit französischem Geld, das
musste reichen für mindestens ein halbes Jahr.

„Hier nimm einen Teil davon."

Ihm viel fast die Pfeife aus dem Mund. Er
schwieg verdutzt.

„Doch hier nimm es."

Er fiel mir in die Arme.

„Ein Fremder und gibt mir trotzdem sein Geld,
das ist christliche Nächstenliebe!"

Am nächsten Tag ging es raus zum Malen. Er
brachte mir seine Malweise bei, und die Pinsel
tanzten nur so über die Leinwand. Die Sonne
brannte einem ins Gesicht. Immer wieder

blickte ich ihn an, fasziniert von dieser Leidenschaft des Schaffens. So gingen viele Tage dahin, wie im Flug eines Adlers, der kein Zeitgefühl hat. Einmal kam sein Bruder Theo vorbei.

„Oh, ein neuer Mitarbeiter?", fragte er verwundert.

„Ja, Peter Vandeik aus Deutschland. Er malt auch und ist mir ein treuer Freund geworden."

„Das freut mich sehr für dich, es ist nicht gut alleine zu sein. Gerade bei deinen Depressionen. Na, dann bis später mal wieder", sagte er noch und ritt mit seinem Pferd eilig wieder davon.

Eines Tages so um den Mittag herum, vernahm ich nebenan ein Schreien aus tiefster Seele.

„Wer bin ich? Diese Schmerzen in mir. Etwas trommelt in meinem Inneren. Dämonen aus finsterer Nacht fordern meine Seele!"

Schnell lief ich in sein Zimmer, um ihn davon abzuhalten, sich mit dem Messer selbst zu verletzten.

„Lass mich in Ruhe!", schrie er zornig und einen Ausdruck des Wahnsinns warf mir sein Blick entgegen.

Ich gab ihm dann, vor lauter Verzweiflung, einen Schlag auf den Kopf. Benommen brach er zusammen. Ich trug ihn dann behutsam aufs Bett. Am Tag darauf ging es ihm schon besser. Er meinte, noch etwas schmerzverzerrt:

„Peter, du hast aber eine ganz schöne Schlagkraft drauf. Aber wer weiß, was ich mir sonst noch angetan hätte."

„Vincent, lass uns doch mal eine Auszeit nehmen und in die Stadt Marseille fahren. Das wird dir gut tun."

„Genau das machen wir, Peter."

Die Pferdegespanne wurden gestellt. Nach ein paar Tagen trafen wir in Marseille ein. Eine große schöne Stadt, direkt am Meer, mit einem wunderschönen Hafen, in dem sich viele kleine Schiffe tummelten, wie Vögel auf einem See. Vincent und mir tat es gut, diese visuellen Eindrücke zu betrachten. Wir saßen in Cafés mit gutem Kaffee und Wein es war ein Gaumengenuss aus der Provence.

„Schau mal Peter, wie die Damen vor uns posieren, wie ein Pfau in der Glanzzeit!"

Vincent lachte sie unverhohlen an. Empört drehten sie sich um und stolzierten mit erhobenem Kopf weiter. So ging es den ganzen Abend durch, wobei es angenehm kühl wurde. Nach diesen angenehmen Begebenheiten ging es wieder Richtung Heimat. Wieder lag eine kreative Phase von herrlichen Bildern vor uns beiden.

Aber wie es eben kommen musste, kam es auch. Ich rief etwas ängstlich und mit Vorahnung:

„Vincent, wo bist du?"

„Hier draußen", kam es verwirrt rüber.

Da stand er im vollen Sonnenlicht, vollkommen bemalt.

„Ich bin das Gemälde Peter, es lebt in mir, wie die Natur auch!"

Wie ein aufgeregtes Huhn sprang er herum, ich musste ihn wieder einfangen und ins Haus bringen. Er fing jämmerlich an zu weinen.

„Keiner mag meine Bilder."

Schluchzend brach er zusammen. Ihn wieder sauber zu bekommen, war eine Qual für uns beide. Mit Terpentin, furchtbar für die Haut, rieb ich die Farbe von ihm herunter. Die wunde Haut war nur mit Ringelblumensalbe zu behandeln. Später sagte er überzeugt:

„Ich bin verrückt, was soll nur aus mir werden?"

„Ja Vincent, so komisch es auch klingt, keiner kann seinem Schicksal entgehen. Es ist alles vom Schöpfer bestimmt, von Uhrzeiten an, wie beim Kapitän Ahab mit dem weißen Wal."

„Dann ist es halt so." meinte er melancholisch, trank eine Flasche Wein und legte sich hin.

Am nächsten Tag, die Luft war drückend und schwül, dräuten dunkle Wolken am Horizont. Blitze zuckten plötzlich überall. Vor mir sprühten auf einmal funken durch den Raum, wie Leuchtkäfer. Ich lief noch schnell zu Vincent ins Zimmer. Da ein Donnerschlag! Er rief noch:

„Was passiert mit dir?"

„Es ist Zeit zu gehen. Bis irgendwann.", rief ich noch, da stand ich auch schon wieder in meinem Zimmer vor Vincents Bild.

War das ein Traum oder Wirklichkeit?

Wochen später, bei einem Museumsbesuch von Van Goghs Bildern, sah ich, dass es Wirklichkeit gewesen war. Eine Frau, meinte zu einem Bild von der Provence:

„Da hinten steht am Rande des Feldes ein Mann, er sieht so fremd aus, als gehörte er gar nicht dahin."

Schmunzelnd und bewegt von der Erkenntnis ging ich weiter zu den nächsten Bildern, um in Ruhe Abschied zu nehmen.

Am Rande des Wahnsinns

Was sich kürzlich bei mir abspielte, entbehrte jedweder Logik. Mit Drogen und dergleichen hatte ich bisher zum Glück keine Erfahrungen gemacht. Aber die Schmerzen in meinem linken Bein nahmen in letzter Zeit erheblich zu, und keinerlei Schmerzmittel halfen mehr. Beim Lesen der Lokalzeitung, meiner Meinung nach ein Schundblatt, ich wollte es schon immer abbestellen, stand plötzlich eine Lösung in der Anzeigenliste.

„Morphisan. Wir helfen Ihnen bei Schmerzen aller Art, auf Naturheilbasis."

Im Internet gab es dort eine ganze Liste von Tinkturen im Angebot. Die eine dort schien mir vielleicht die richtige. Die bestelle ich, dachte ich mir. Schon nach zwei Tagen war sie bei mir zuhause. Aus den Inhaltsstoffen auf der Verpackung wurde ich nicht ganz schlau. Aber Nebenwirkungen waren immerhin keine bekannt. Ich verstand nur, dass diese Pflanzenextrakte aus dem Amazonas stammten.

Am nächsten Morgen drückte ich mit der Pipette des Fläschchens einen zähen schwarzen Tropfen in eine Tasse mit warmem Tee. Ich nahm einen kräftigen Schluck.

„Boah ey! Schmeckt das widerlich!", schüttelte ich mich.

Na, Hauptsache es hilft, dachte ich. Ich blickte zur Uhr. Oh, schon acht Uhr, schnell noch mal mit meinem Hund Rudi Gassi gehen.

Beim Spazieren in der Siedlung kamen mir auf einmal leichte Schwindelgefühle auf. Aber welch Wunder, die Schmerzen im Bein ließen schon nach. Das Laufen und Gehen wurde tatsächlich unbeschwerter. Nanu, was ist das? Gleichzeitig veränderte sich das Licht. Immer heller und kontrastreicher wurde die

Umgebung. Ich konnte auf einmal ohne Brille alles viel besser sehen. Aber was ist das? Sämtliche Autos und Radfahrer bewegten sich auf einmal rückwärts, wie ein Film der zurück gespult wird. Oh, da ist eine Bank, erst mal hinsetzen! Voller Angst schloss ich vorerst die Augen, um sie dann wieder zu öffnen und zu schauen, ob der Spuck vorbei ist. Da saß mein Hund Rudi neben mir mit drei Köpfen, aus dem einen drang eine Stimme.

„Na Alter, alles klar?"

Er schleckte mir das Gesicht ab. Neben mir erschienen auch noch feurige Lichtsäulen, die sich bewegten, wie Schlangen in einem Reigen. Wie gefesselt saß ich da, wollte weg, aber es ging nicht. Aus einer Lichtsäule bildeten sich schattenartige Wesen, die riefen:

„Wir sind das Gute und das Böse, was bist du?"

„Weiß ich nicht!", rief ich verzweifelt.

Kalter Schweiß drang durch meine Kleider. Wann hört dieser Albtraum endlich auf? Hoffentlich bald...

Bei näherem Hinsehen, nicht weit von mir, saß zusammengekauert eine weibliche Person an einer Hauswand, die ängstlich zu mir sagte:

„Na, hast du auch diese komischen Tropfen eingenommen?"

„Oh Gott, ja, das ist der reine Wahnsinn hier."

Wir waren beide sehr froh, nicht allein zu sein.

„Ich heiße übrigens Jan, und du?"

„Paula", antwortete sie mit leiser Stimme, „wenn wir etwas Glück haben, wird die Droge ja wohl irgendwann nachlassen.", sagte sie weiter.

Da erklangen nicht weit von uns merkwürdige

Geräusche. Sie klangen etwas mechanisch. Zwei große Ohrenwecker liefen auf zwei Beinen an uns vorbei und riefen laut:

„Eure Zeit ist bald abgelaufen!"

Dann entfernten sie sich schnell, um zu silbernem Wasser zu zerfließen.

„Grauenhaft!", rief Paula mit großen Augen.

Ich griff ihre Hand woraufhin sie dankbar meine Hand umschloss. Auf einmal wurde alles ganz leicht und schwerelos. Wie Watte begannen wir von nun an durch eine unwirkliche Welt zu schweben. Eine große Wolke am Himmel die aussah, wie ein Kindergesicht, blies uns an. Wobei alles durcheinander gerät, einem Puzzle gleich. Unsere Körperfragmente flogen unsortiert durch die Gegend. Um sich Gott sei Dank wieder zusammen zu fügen. Aber oh Schreck, Paula hatte auf einmal männliche Teile von mir, bei mir waren weibliche dabei.

„Oh, so fühlt man sich, wenn man beides hat, ganz schön anstrengend.", flüsterte ich mir zu.

Wir prallten plötzlich aufeinander und zersprangen beide in alle Einzelteile. Nach einigen Momenten fügten sich unsere richtigen Teile wieder zusammen.
Weiter ging die Reise zu einem unheimlichen Ort mit einem riesigen Krater in der Erde. Er hatte mindestens einen Kilometer Durchmesser. Aus seinem Inneren drangen Schwefeldämpfe hervor. Einige Wege führten hier und dort hin, wo sich auch noch viele andere Personen befanden, die teilweise von skelettartigen Wesen zum Rande des Kraters gedrängt wurden. Einige dieser Wesen schrien verzweifelt:

„Das ist die Hölle!", und stürzten kopfüber in den Schlund.

Etwas drängte uns dann schnell wieder weg von

diesem Ort. Entsetzt meinte ich zu Paula:

„Hier ist wohl alles, was die Menschen besorgt und umtreibt."

„Da kannst du wohl recht haben."

„Schau mal, da unten zwischen den Häusern und Gassen."

Da war eine riesige Kugel, wie aus Glas, in der sich ein Mann befand. Unsere Körper schwebten zu der Kugel hinunter, aus der ein Hilferuf hinaus drang.

„Holt mich bitte hier raus!"

Nicht weit von mir lag ein großer Stein. Ich nahm ihn auf und schmiss ihn auf die Kugel, woraufhin sie in tausend Einzelteile zersprang. Noch etwas benommen kam der Mann mir nun entgegen.

„Was für eine wundersame Rettung in dieser verrückten Welt. Diese Misttropfen! Die ihr wohl auch genommen habt?"

„Genau, so ist es, da beißt die Maus keine Faden ab. Nun heißt es durchhalten, bis die Wirkung hoffentlich nachlässt."

Aber diese Welt ließ einen nicht in Ruhe. Vor uns erschien ein Nebel, aus dem eine Gestalt heraustrat, ziemlich bunt gekleidet, mit einem Grinsen, diabolisch bis lächerlich.

„Der Joker?", fragte Paula überrascht.

„Na klar, ihr Witzfiguren!", meinte er.

Seine Augen rollten hin und her, wie ein verrücktes Huhn. Hämisches lachen drang aus seinem übergroßen Mund.

„Ihr bleibt doch wohl noch lange hier, damit ich euch bespaßen kann?"

„Nein, kein Bedarf, lass uns in Ruhe."

Der Joker ließ sich aber nicht abweisen. Da erschien aus dem Nebel noch etwas Seltsames. Laut rumpelnd kam ein riesiges Gefährt heraus. Eine Dampfwalze, die genauso griente wie der Joker, fuhr schnaufend auf ihn zu und im Nu war er platt wie eine Flunder. Er stand aber sogleich wieder auf und sagte lächelnd:

„Sie versucht es immer wieder alle platt zu machen. Das ist Lissy meine Freundin."

Da gab es noch einen lauten Knall und weg waren sie. Aus dem Luftraum drang so etwas wie eine Stimme.

„Aufwachen, aufwachen."

Und alles um uns herum verschwand in weißem Nebel. Ein heftiges Schütteln durchlief meinen Körper und vor mir stand meine Frau Paula.

„Was ist los?", fragte ich schweißüberströmt.

„Du hattest Fieber und einen heftigen Albtraum. Aber dein Fieber ist wieder zurück gegangen.", beruhigte sie mich.

„Gott sei Dank ist das nicht alles wahr geworden!", kam es glücklich aus meinem Mund und nahm sie freudestrahlend in den Arm.

Die Falle

Mit meinen 35 Jahren gelang mir in meinem Leben bisher alles: Ein guter Job, ein Haufen Geld, Gesundheit, viele Freunde und eine liebevolle Freundin. Was will man mehr?

Aber dann, es war ein schöner Tag im September. Er war ideal zum Pilze sammeln, was wir auch taten. Luise, meine Freundin, konnte Pilze wirklich wunderbar zubereiten, mit pikanten Zutaten. Da ich mal eine Zeit allein sein wollte, von dem vielen Stress der Arbeit, zog es mich ein Stück weg, in Richtung polnischer Grenze, zu ausgedehnten Kiefernwäldern und Birken. Dort wuchsen Steinpilze und Pfifferlinge am besten. Außerdem hatte es genug geregnet, ideal zum Wachsen der Waldleckereien.

Ich fuhr einen großen Kombi, in dem man zur Not auch mal übernachten kann. Nachdem mein Auto mit allem, was man braucht, vollgepackt war sagte Luise:

„Melde dich doch zwischendurch mal, du weißt

doch das ich immer Angst habe, dass etwas passieren könnte."

„Ja auf jeden Fall." sagte ich und und gab ihr zur Beruhigung ein mitfühlendes Lächeln. Sie war wunderschon in diesem herbstlich diffusen Morgenlicht. Auch ein herrlicher Tag zum Helden zeugen, dachte ich in mich hinein grinsend. Das muss aber wohl auf später verschoben werden. Nun aber los, die Pilze rufen „Pflück mich!". Die Sonne schien aus allen Knopflöchern. Zwischendurch noch ein paar Pausen mit Kaffee und Zigarette. Dabei auch noch ein leckeres Brötchen mit Bulette. Dann endlich war das Ziel erreicht. Ein wunderschöner Wald mit von der Sonne erhellten Kiefern, die einem zuwinkten mit ihren Ästen. Ah, da vorne, ein netter Parkplatz. Weit und breit keine Seele zu sehen. Das freute mich sehr. Die Stille tut einem gut. Um die Pilze frisch zu halten, hatte ich mir mehrere Kühlboxen mitgenommen. Man kann die Pilze auch gut trocknen und auf eine Leine ziehen. Noch Luise anrufen.

„Hallo Schatz, ich bin gut angekommen, alles in Ordnung. Es geht nun bald los."

Sie schickte mir ein Küsschen durch das Handy. Und wir legten auf.

Immer weiter wuselte ich mich durch den Wald und fand hier und da wunderschöne Steinpilze und auch Birkenpilze. Es ging ganz schön auf die Augen das ständige hoch und runter gucken, gerade wenn man eine Gleitsichtbrille trägt. Also wurde es Zeit für eine Pause. Und die wollte ich am nächsten Baum einlegen. Kurz bevor ich mich am Baum hinsetzen konnte, ertönte auf einmal ein metallisches, schnappendes Geräusch von unten. Laut schrie ich auf und fiel zu Boden. Was ist das?!

Eine alte Bärenfalle umschlang meinen rechten Fuß, Blut lief den Fuß hinunter. Der Schmerz war kaum auszuhalten. Ich robbte dann ein paar Meter weiter zum Rucksack. Wo ist das Handy?! Kalter Schweiß brach mir am ganzen Körper aus. Es ist nicht da!? Verloren beim Pilze suchen? Egal jetzt erst mal raus aus der Falle.

Vor mir lag ein starker und fester Knüppel. Den steckte ich durch das Maul der Falle und bog ihn stark durch. Die Falle schnappte auf und fiel weg. So eine Scheiße, die Wunde war ziemlich groß, tief und blutete weiter. Was tun?!

Da fiel mir was ein. Wer weiß wie realistisch das war, aber ich hatte auch keine Alternativen. Wie in den alten Indianer Filmen, die ich mit Luise an verregneten Sonntagen so gerne schaute, schmierten ich mir Baumharz auf die Wunden. Ich hatte zum Glück mein Messer fast immer dabei, und so kratze ich von einer der Kiefern das Harz ab. Und drückte es in die blutende Wunde. Ein höllischer Schmerz flammte auf und ich schrie hemmungslos in den Wald hinein. Dann zerriss ich mein T-Shirt und wickelte es um die Wunde. Tatsächlich ließ das Bluten nach und kam bald darauf zum Erliegen. Ein Problem weniger. Aber nun kroch die Dunkelheit langsam heran. Ich nahm den alten Knüppel als Krücke und humpelte weiter durch den Wald. Weit und breit war kein richtiger Weg zu sehen. Total verlaufen. Ich humpelte eine Weile ziellos umher. Ungefähr 200 m entfernt sah ich plötzlich eine alte Überdachung von einem Holzstall. Das Beste für eine baldige Übernachtung. Dort angekommen, erweckte sie keinen allzu stabilen Eindruck, aber sie war besser als gar nichts. Das Dach hatte mehrere Löcher und der Stall war insgesamt windschief. Aber ich musste erst mal das Bein schonen. Eine bleierne Müdigkeit machte sich in mir breit und ein quälendes Hungergefühl machte sich in meinen Gedärmen breit. Ich hatte nur noch ein belegtes Brötchen und eine Flasche Wasser, das war's dann... Und wann man mich hier finden würde, weiß kein Mensch...

Die erste Nacht

Zu dieser Jahreszeit wurde es schon sehr kalt in der Nacht. Ich verkroch mich in meine halbwegs warme Jacke und wäre auch fast, leicht frierend aber auch sehr erschöpft, eingeschlafen. Da ertönte auf einmal ein Rascheln in den vergessenen Holzscheiten im hellen Mondlicht. Ich blickte gespannt ins Halbdunkel. Ein Igel auf der Suche nach einem Winterplatz kam plötzlich hervor. Schnuppernd und schnaufend lief er an meinen Füßen vorbei.

„Na alter, kein Fressen für dich da?", meinte ich.

Na, wenigstens bin ich nicht ganz alleine hier. Ich schlief bald ein.

Am nächsten Morgen ereilte mich ein verstörendes Aufwachen. Kein Kaffee, kein warmes Bett und keine Luise, die einen umarmt. Und mein Bein voller Schmerz pulsierend. Wütend schmiss ich meinen Knüppel gegen die Holzbretter des Stalles. Aber es half nicht. Ich raffte mich auf.

Dann humpelte ich eine Weile durch das Gelände, um nach etwas Essbarem zu suchen, fand aber nichts anders als Pilze. Meine Wunde am Fuß schmerzte weiter stark. Sie hatte sich wohl doch entzündet. Auf Indianer war wohl kein Verlass. Mir war kalt und ich fühlte mich erledigt. Aber apropos Entzündung. Mir fiel mein

Feuerzeug plötzlich ein. Zurück beim Stall entzündete ich mit einem Holzspan und einigen Hölzern ein kleines Feuerchen. Zum Glück hatte ich als Raucher und Wanderfreund ein paar Gegenstände eigentlich immer dabei. Als Topf nutzte ich meine Wassertasse, in der nun die Pilze erhitzt wurden. Leider ohne Salz, aber immerhin etwas Warmes im Magen. Graue Wolken breiteten sich an diesem Tag aus und bald fing es zu allem Überfluss auch noch heftig an zu regnen. Ich sicherte schnell noch einige größere Äste für mein Feuer und schon fegte der Wind mit Regen durch den Stall und ich musste mich in die hinterste Ecke verkriechen. Mit der Folie, in der mein Proviant eingepackt war, fing ich den Regen auf und faltete es in der Mitte. So war wenigstens wieder mehr Wasser in meiner Flasche. Das Wetter blieb den Rest des Tages bestehen und angefeuchtet, frierend und mit einem winzigen Feuer unterm Stalldach schlief ich irgendwann wieder ein.

Die zweite Nacht

Ich wurde wach. Heute Nacht war es stockdunkel. Die Schmerzen waren unverändert da und schienen mir langsam in den Kopf hinaufzusteigen. Die Fieberschübe machten sich jetzt bemerkbar und ich zitterte am ganzen Leib. Angstschweiß trat hinaus. Plötzlich glaubte in weiter Ferne Wolfsgeheul zu hören. Das hätte mir gerade noch gefehlt. Ich hoffte, dass dies nur am Fieber lag.

Ich wachte in meinem Lager und versuchte im Dunkeln etwas zu erkennen. Es war aber nichts mehr zu sehen. Und auch nichts mehr zu hören. Erschöpft schlief ich wieder ein.

Ich träumte von riesigen Steaks und Entenkeulen, die mir hinterherliefen und in meinen Mund springen wollten und auch ein Wassersprudel verfolgte mich und ergoss sich über mich. Das Wasser hörte gar nicht mehr auf und ich dachte, ich müsste ertrinken...

Ich schreckte hoch. Ein stetiges Rinnsal tropfte

an einem abgeknickten Holzbrett auf mich hinab. Der Wind hatte ganze Arbeit geleistet. Ich blickte mich um. Ich vernahm einen Schatten, der sich mir Zähne fletschend näherte. Ich war im ersten Moment starr ich vor Angst und fühlte mein Herz in der Brust hämmern. Ein Wolf! Oh nein! Dieses Mistvieh hat sicher meine blutende Wunde wahrgenommen.

„Los weg hier!", schrie ich und schmiss ein Stück Holz nach ihm, was ihn aber wenig beeindruckte. Halt mal, Feuer mag er nicht! Ich hatte noch das um mein Bein gewickelte T-Shirt, wickelte es um meinen Knüppel und zündete es an. Verwirrt blickte der Wolf mich zunächst an, dann sprang er entschlossen auf mich zu. Ich wartete den richtigen Moment ab, dann rammte ich ihm die brennende Fackel mitten in seinen Rachen. Laut heulend lief er davon. Und ich sackte erschöpft zusammen und wieder zurück die schrecklichen Fieberträume...

Regen prasselte nieder. Tropfen hämmerten auf

meinen Kopf wie ein Dampfhammer. Boom, Boom machte es. Ich leckte sie auf, wie ein räudiger Hund. Eine riesige Uhr drehte sich über meinem Kopf und sie schrie dabei:

„Deine Zeit ist abgelaufen."

„NEIN! NEIN!", schrie ich und wachte auf.

Ich wusste, wenn ich jetzt nichts unternehme, werde ich hier elendig verrecken.

„Jetzt oder nie!", schrie ich laut, robbte aus dem Holzstall heraus und schob die brennenden Holzscheite an die Wände des Unterschlupfes.

Im nu brannten die trockenen Teile des Stalls lichterloh. Die feuchten Teile dampften und eine riesige Rauchsäule stieg zum Himmel hinauf. Zu meinem unfassbaren Glück sahen ein paar Forstwirte das Feuer und alarmierten die Feuerwehr. Diese traf schnell ein und sie wiederum alarmierten dann einen

Krankenwagen.

„Na junger Mann, das war aber in letzter Minute mit dem Wundbrand und der Blutvergiftung.", sagte der Notarzt.

Dankbar ergriff ich seine Hand. Später im Krankenhaus war Luise endlich wieder bei mir und weinend lagen wir uns in den Armen. Nie wieder werde ich noch mal alleine in den Wald gehen. Jeder ist auf den anderen angewiesen, nur zu zweit oder mit mehreren ist man stark.

Abenteuer bei Erwin Tonner

Wie lange ist es her? Ich glaube es war 1996, unser erster gemeinsamer Urlaub in Norwegen mit meinem Cousin Thomas, meinem Onkel, meiner Tante und meinen Eltern. War das aufregend. Zum ersten Mal sind wir weiter weggefahren als nur nach Dänemark, wo es meistens natürlich auch sehr schön war.

Unser VW Käfer mit Dachaufsatz war vollgepackt bis oben hin, vor allem mit Lebensmitteln. Auch weil in Norwegen damals alles ziemlich teuer war, vor allem Alkohol. Von diesem nahm mein Vater einige Flaschen mit, auch für den Vermieter. Und dadurch zahlten wir auf einmal nur noch die Hälfte der Miete. Wir fuhren mit zwei Autos los. Bevor wir die Fähre nach Skandinavien nahmen, legten wir eine Pause ein.

Es war wunderschön ans Meer zu kommen und wir zogen gleich los, um dann am Strand Muscheln zu suchen. Natürlich unter Aufsicht der Eltern. Nur zum Baden war es doch noch zu kalt. Wir unterhielten uns eifrig über die Dinge, die wir auf dieser Reise machen wollten. Mein Cousin Thomas freute sich schon ein Bein ab:

„Oh Dietmar, endlich angeln in Norwegen."

Er hatte zuhause mit seinem Vater schon ordentlich an einem Baggersee geübt.
Und dann, bevor unsere Reise weiter ging, noch einen dänischen Hotdog essen. Welch ein köstlicher Genuss das war, mit dieser leicht würzigen Remoulade. Gegen Abend ging es dann zum Hafen Rödby. Für heutige Verhältnisse war das Schiff eine Klapperkiste, damals aber hochmodern. Wie viele Autos da drauf gingen und sogar noch ein Zug. Es roch ständig nach Diesel und Öl. Leider hatten wir eine Kabine über dem Maschinenraum. An Schlaf war da nicht zu denken. Wenigstens gab es am Morgen ein schönes Frühstück mit Kakao und Eiern.
In Oslo angekommen besichtigten wir die

schöne Stadt, und die vielen Schiffe im Hafen und die Segelyacht der Königsfamilie. Dann ging es wieder weiter zu unserem Ziel, Telemark. Das ist eine Region in Mittel-Norwegen, mit wunderschönen Wäldern und Flüssen zum Angeln. Mein Onkel fuhr vorweg, er kannte den Weg schon. Meine Mutter hatte meist Angst beim Fahren:

„Oh diese Kurven, nicht so schnell."

Mein Vater grinste nur und gab Gas. Und diese Straßen damals, Schotter, und Steinschlag am Auto inbegriffen, manchmal auch ein Stopp mit Ziegen auf der Straße. Damals führten die Wege noch über einen Pass auf deren Seiten der Schnee noch meterhoch lag. Dort hatten wir natürlich noch eine saftige Schneeballschlacht. Vollkommen durchnässt krabbelten wir wieder ins Auto.
Dann endlich kamen wir erschöpft in unserem neuen Heim für die nächsten drei Wochen an. Etwas verhalten begrüßten uns Erwin und seine

Frau. Deutsche machten zu dieser Zeit noch nicht viel Urlaub in Norwegen. Und außerdem war ihnen Deutsch noch nicht so geläufig wie heute. Aber meine Eltern konnten sich mit Händen und Füßen doch verständigen. Ich und Thomas hatten ein Zimmer in deren Betten wir erschöpft einschliefen. Am nächsten Tag ging es erstmals auf Erkundungstour. Es war ein kleiner netter Ort, sehr überschaubar, mit bunten Holzhäusern und auch einem Kaufmannsladen, in dem es fast alles gab. Ich sagte überrascht zu Thomas:

„Guck mal da, Eis in Tüten, sieht aus wie Sahne."

Der Verkäufer sagte in gebrochenem Deutsch:

„Das ist Softeis, hier probiert mal."

Das schmeckte so sahnig und toll, wie ich es seitdem nie wieder gegessen habe. In den nächsten Tagen war das Eis allein unser und die Bauchschmerzen auch. Es gab noch so viel zu sehen. Tolle leuchtende Blinker aus Metall für alle Fischarten, von denen mein Vater mir einige kaufte. Dieser Laden war wirklich schön und es gab immer noch mehr zu sehen. Darunter auch erste Zeitschriften mit nackten Frauen drauf. Thomas grinste und daraufhin liefen wir hinaus mit roten Gesichtern. Direkt am Ortsrand gab es einen wunderschönen Fluss, umsäumt von Wäldern und scharfen Bergen, ideal zum Angeln. Dann geschah es, ein besonderer Tag, der uns in Erinnerung bleiben würde.

„Hallo Thomas, lass uns zum Fluss gehen, der hat heute auf einmal ganz wenig Wasser, vielleicht können wir mit dem Käscher ein paar Fische fangen."

Wir nahmen nur noch schnell zwei Eimer mit und los ging's. Am Fluss angekommen ging Thomas ans gegenüberliegende Ufer.

„Oh, hier sind schon ein paar schöne Forellen!", rief ich und fing sie heraus. So ging das eine ganze Weile, und es machte uns sehr viel Freude.

Auf einmal steckte mein Fuß zwischen zwei Steinen fest.

„Was ist los?", rief Thomas von der anderen Seite.

„Ich stecke fest und kann nicht weg."

Da kam auf einmal aus der Ferne eine große Flutwelle den Fluss herunter. Was wir erst später erfuhren, es wurde ein Stauwehr geöffnet und das Wasser rauschte nun auf uns zu. Große Panik ergriff mich und im letzten Moment löste sich mein Fuß aus dem Schuh und humpelnd lief ich den Hang wieder hoch. Jetzt war Thomas auf der anderen Seite, kein rüberkommen mehr für ihn. So liefen wir eine ganze Weile den Fluss entlang, da rief Thomas auf einmal:

„Da vorne ist eine Hängebrücke. Vielleicht

komme ich da rüber."

Dort angekommen, bot sich uns ein grausiger Anblick. Ganz verrostet war das Teil, und in der Mitte fehlten Planken.
„Willst du wirklich darüber?", rief ich laut.

„Ich muss."

Ängstlich kroch er vorsichtig über die Brücke. In der Mitte angekommen knirschte es laut und die Brücke bewegte sich hin und her. Thomas fing an zu weinen. Ich rief ihm zu:

„Weiter! Du schaffst es schon."

Tatsächlich übermannte ihn eine starke Kraft und er schaffte es. Voller Freude lagen wir uns in den Armen. Unsere Eltern fanden dieses Abenteuer gar nicht nett und wir bekamen einen Tag Stubenarrest. Gott sei Dank hat es an diesem Tag geregnet.
Danach ging es weiter zu dem nächsten

Abenteuer.

„Komm Thomas wir gehen mal auf die Bergkuppe, da hat man bestimmt eine tolle Aussicht!"

Was für eine Krabbelei da hoch zwischen den ganzen spitzen Felsen. Oben angekommen war erst mal eine Pause angesagt.

„Oh schau mal Dietmar, ganz viel rote Beeren!"

„Jaaa!", rief ich laut aus und steckte mir sogleich einige in den Mund.

Sie schmeckten herrlich fruchtig süß und wir aßen eine ganze Menge davon. Einige Zeit später erfuhren wir von unseren Eltern, dass es Rauschbeeren waren. Kaum verwunderlich, dass wie den Berg hinunter torkelten und lachten und dummes Zeug redeten. Wir stellten uns vor einen Hang.

„Guck mal Thomas, ich kann am weitesten pinkeln."

„Nein ich!"

Tatsächlich kam er weiter.

In unserem Heim angekommen, merkten unsere Eltern ein merkwürdiges Verhalten bei uns. Wir zeigten ihnen die Beeren, von denen wir uns einige in die Tasche gestopft hatten. Sie lachten sich halb tot und schickten uns ins Bett, um unseren Rausch auszuschlafen. Wie im Flug ging die Zeit dahin, mit angeln und schönen Ausflügen.

Zum Ende des Urlaubs passierte dann noch etwas beim Angeln. Da man die Rute mit dem Blinker beim Angeln mit einem Ruck von hinten nach vorne schmeißt, blieb der Hacken an einer hinter uns grasenden Kuh hängen. Die rannte davon und Thomas hing an der Angelrute. Thomas wollte nicht loslassen und so ging es über Stock und Stein. Schließlich ließ er doch los und hatte einige Schürfwunden an den Beinen.

„Meine schöne Angel" jammerte er.

Alles weg. Und tief bedrückt gingen wir wieder zurück. Danach meinte ich aufmunternd:

„Dein Vater schenkt dir bestimmt eine neue."

Tatsächlich bekam er eine.
Nun ging unser Urlaub doch zu ende. Aber die Erinnerung nach über 50 Jahren halten noch immer an, wenn wir uns die alten super 8 Filme ansehen. Tränen des Abschieds laufen unsere Wangen herunter über das, was nie wieder kommt.

Der Baum des Lebens

Vor hunderten von Jahren wurde er gepflanzt, von Gottes Hand, um die Menschen zu erfreuen und zu beschenken. Er wuchs heran an einem Bachufer, an dessen Wasser er sich laben konnte, wenn die Hitze ihn zu bedrängen drohte. Langsam formte sich eine mächtige Krone aus dem Stamm, dessen Blätter an den Ästen tiefgrün waren und im Wind ihr Lied spielten. Viele Tiere in ihm und an ihm freuten sich des Lebens und genossen seine erlesenen Früchte. Flink huschten Eichhörnchen durch sein Geäst, um seine Früchte für den Winter zu ergattern. Auch viele Hirsche und Rehe kamen, um frisches Grün am Bachufer zu grasen.
Der Baum freute sich über so viel Hinwendung der Geschöpfe.

„Danke Gott, dass ich da bin, um deine Schöpfungen zu ehren."

Viel Jahre gingen ins Land und der Wandel der

Jahreszeiten schritt fort. Es geschah auch mal, bei einem schweren Sturm, dass der Baum einen großen Ast verlor und blutete. Schmerzen durchfuhren ihn bis ins Geäst. Eine Stimme in ihm sagte:

„Weine nicht du treuer Freund."

Und tatsächlich, im Frühjahr waren die Wunden verschlossen und frische Zweige wuchsen hervor. Neue Kraft beseelte ihn und er wuchs beschwingt weiter. Aber einige Jahre später kamen andere Herausforderungen auf ihn zu. Menschen tauchten mit Pferden und großen Lastkarren auf, um sich nicht weit von ihm niederzulassen. Er hörte sie sagen:

„Oh ein schöner Platz, um einen Ort zu gründen, mit viel Wasser, Wald und gutem Boden."

Dann ging alles sehr schnell und noch mehr Menschen kamen in komischen Fahrzeugen angefahren. Rings um den Baum herum kreischten Motorsägen und fällten zu hunderten seine Freunde. Ihre Schreie waren bis zum späten Abend zu hören. Ein Sterben ohne Ende und das nur für Bauholz. Einer von diesen fiesen Menschen wollte auch ihn fällen.

„Nein! Dies ist ein besonderer Baum.", sagte der Andere und sie ließen ihn in Ruhe.

Im Laufe der Jahre bauten sie ein ganzes Dorf um den Baum herum. Lange Zeit ging es ihm sehr schlecht und er wuchs kaum. Ihr Menschen nennt es Depression, wir nennen es Kummerwuchs. Aber zu seiner Freude pflanzten einige junge Leute Bäume rings um ihn herum, um den Dorfplatz zu verschönern. Mit diesen Schösslingen unterhielt er sich prächtig, als wären es seine eigenen Kinder. Es ist nicht gut alleine zu sein in dieser Welt. Interessant war es auch, die Menschen bei ihrem Tun zu beobachten. Viele benahmen sich für seine Verhältnisse sehr hektisch, fuhren mit ihren Autos hin und her und auch mal gegeneinander was ordentlich krachte. Alle Insassen bluteten dabei stark und wurden mit einem komischen Auto abgeholt, dass ziemlich viel Lärm machte. Viele Ereignisse spielten sich in den kommenden Jahren noch ab. Es wurde unter ihm geheiratet und geliebt, für seine Art eine komische Vermehrung mit den kleinen Babys. Neue Zeiten tauchten immer wieder auf. Die Leute Sprachen in Geräte an ihren Ohren. Alle Freude verschwand immer mehr aus dem Bewusstsein der Menschen. Auch Krankheiten nahmen enorm zu. Eines Nachts hatte der Baum einen Traum und flog über die Welt. Unter ihm Seen aus Tränen, gefüllt mit dem Leid der Erde. Seine Wurzeln sogen sie auf und alles wurde gereinigt und klar. Die Stille in ihm sagte bestimmend:

„Du gibst den Menschen, was sie brauchen, Heilung und wieder ein Miteinander der Seelen."

Am nächsten Tag entsprang auf einmal, an einer seiner Wurzeln, eine Quelle mit gereinigtem Wasser. Eine alte Frau, gezeichnet von ihrer schweren Krankheit, nahm einen Schluck von dem Wasser und wurde augenblicklich gesund.

„Ich kann gehen! Oh, ist das toll!", sagte sie voller Überraschung und Freude. Wie ein Lauffeuer verbreitet sich diese Nachricht überall. Und noch viele Menschen wurden geheilt, auch ihre psychischen Gebrechen. Leider gab es auch in diesem Fall das Böse. Ein Quacksalber wollte viel Geld mit seiner Quelle verdienen und füllte reihenweise Flaschen ab. Es trug sich zu, dass der Baum sich einem seiner Äste entledigen musste und dieser ‚versehentlich' auf den Gauner fiel. Laut schreiend lief der Quacksalber davon. Danach pflegte und achtete man ihn noch sehr gut bis ins hohe Alter. Aber irgendwann nagten auch an ihm die hunderte von Jahren. Langsam begann sein langsames Sterben. Aber es war ein sehr erfülltes Leben. Seinen Stamm legte man dann vor dem Dorf nieder. Im Laufe der Jahre wuchsen neue Bäume aus ihm heraus. So sollte es sein, für immer und ewig.

November Blues

Kein Monat ist so grau und unansehnlich wie er. Die ersten Stürme fegen durch die Gassen und die Jalousien an den Fenstern klappern ihr Lied. Nebel macht sich breit und durchdringt jede Faser meines Pullovers. Man sieht quasi den Wald vor lauter Bäumen nicht. Müde Gestalten in langen Mänteln schleichen durch den Nebel, manchmal auch stark hustend und niesend. Die Sonne am Himmel, wenn sie mal scheint, gibt ein blasses und unheimliches Licht ab.

Aber nicht den Kopf hängen lassen, heute treffe ich mich am Nachmittag mit meinem Ich.

Ja richtig gelesen, wenn keiner für mich Zeit hat, ist mein Ich für mich da.

„Oh, es hat geklingelt!", und die Tür geht auf.

„Komm herein!"

„Danke, sehr nett."

Vor mir stand ein Mann der so um die 1,74 m

groß und mittel schlank war und eine Brille trug.

„Na!", meinte er aufmunternd, „Ist es wieder soweit für einen November Blues?"

„Genau" meinte ich erheitert, „jetzt geht die Post wieder ab."

Wir tranken heißen Tee, er nahm die Gitarre und ich die Mundharmonika und dann spielten wir unser Lied.

> Während uns alles grau und sinnlos
> erscheint dann sind Ich und Ich gut
> drauf.
> Wenn keiner mehr dem anderen traut,
> das ist der Novemberblues.
> Im Ofen die Kohlen glühen
> wir uns nicht weiter abmühen,
> fünf Schritte nach vorn aber nicht zurück,
> das geht so weiter bis morgen früh.
> Das ist der November Blues
> Lasst uns munter und fröhlich sein,

das wird wohl nicht immer so sein,

aber heute hauen wir voll rein,

Ich und Du Müllerskuh,

das ist der Novemberblues

Bald scheint die Sonne nieder

und bringt uns Wärme wieder

wenn der Mai dann gekommen

wir uns wohl fühlen mit Wonnen,

das ist der Novemberblues

Mein Ich sagte nach dem Lied:

„Schön, dass wir wieder zusammen gekommen sind nach so langer Zeit."

Wir nahmen uns in die Arme, um Trost und Hinwendung zu erfahren. So ging das die ganze Nacht durch mit vielen gute Gesprächen und „Musik aus alten Zeiten hören".

Ich und Ich wir sind ein gutes Team, in einer Welt wo fast immer nur November ist, wo es immer grau, nebelig und einsam ist. Deshalb

wollen wir uns öfter treffen, um füreinander da
zu sein. Mein Ich ging zur Tür und löste sich auf,
und ich singe unseren November Blues.

Das alte Haus

Erinnerungen an etwas sind oft sehr schön, umwogen mit vielen Begebenheiten der Heiterkeit, aber auch mit schmerzhaften Erinnerungen der späteren Jahre. Nach einiger Zeit des Zögerns, war es mal wieder so weit, die Vergangenheit zu besuchen.

Am Rande der Lüneburger Heide lag dieser kleine Ort meiner frühen Aufbewahrung. Ein Ort, verbunden mit netten Menschen, die einen immer freundlich begrüßten, was man von meinem jetzigen Wohnort nicht behaupten kann. Aber nun zum alten Haus, das einmal sehr stattlich und schön war. Mit Vorsichtigen Schritten, als wollte alles wieder so sein wie früher, ging ich durch die zugewucherte Einfahrt. Der Wind blies einem heftig entgegen, als wollte er einen aufhalten, zu diesem Ort zu gehen. Blätter wirbelten durch die Luft, ohne Ziel, ohne ein Morgen. Die Fensterläden klapperten wie wild. Einige waren schon herunter gefallen und lagen auf dem Boden. Der ehemalige Garten ist zugewachsen mit großen Bäumen und Brombeeren, als wollte man alles zudecken was einmal war. Durch den Abtreter vor der Haustür wuchs nun eine Birke. Die Tür stand halb auf, ich zwängte mich durch. Wo ein Bauch ist, ist auch ein Weg, dachte ich schmunzelnd. Damals waren die Mahlzeiten noch nicht so üppig wie heute. Nun durch den Flur ins Wohnzimmer, alles voller Spinnweben, die Luft roch muffig und feucht. Mäuse huschten verängstigt über den teilweise verrotteten Holzboden. Aber, oh ein Wunder, der alte Lehnstuhl von Opa Wilhelm stand noch da, als trotzte er der Ewigkeit. Der hält ja sogar mich noch aus, und das mit meinem jetzigen Gewicht! Ich nahm meine Tasse aus dem Rucksack für einen guten Kaffee und schloss dann entspannt die Augen. Im Nu tauchten alte Erinnerungen auf, wie in einem Film rauschten sie vor meinen Augen vorbei.

Oma Helene stand, wie so oft, vor ihrem weißen Emaille-Herd, mit der bunten Schürze um.

Immer ein freundliches Lächeln um ihre rosa gefärbten Bäckchen. Es roch wunderbar nach gebratener Gans, die gefüllt war mit Backobst. Dazu Kartoffeln und Rotkohl aus dem Garten. Die arme Gans, oft genug wurde sie von mir und meinem Freund Günther geärgert, wobei sie laut fauchend hinter uns herlief. Ich kam hervor mit einigen Blessuren am Po.

Da rief meine Oma laut:

„Das Essen ist fertig."

Da kamen auch schon meine Eltern durch die Tür herein, zurück vom Gottesdienst. Nur Opa Wilhelm fehlte mal wieder.

„Oh, dieser Tunichtgut!", meinte Oma ärgerlich.

Da knarrte auch schon die Tür zum Stall hin. Heraus trat ein großer, stattlicher Mann mit wettergegerbtem Gesicht. Ein Mensch ohne viele Worte, aufrichtig und besonnen.

„Bin ich da oder nicht?"

Schweigen.

„Dann ist doch alles gut.", meinte er und damit war alles gesagt.

Nach dem Mittag ging ich zum Spielen nach draußen in die herrliche Natur, die damals noch urwüchsig war. Nicht weit von unserem Haus floss die Ise. Ideal für Abenteuer jeder Art. Am Flussufer lag eine alte Badewanne. Da tauchten auch schon Lina und Günther auf.

„Oh, lass uns mal wieder Tom Sawyer spielen."

„Oh ja, das wird bestimmt ein Mordsspaß."

Leider passten aber nur 2 Personen in die Badewanne.

„Na Günther, dann zieh mal schön am Seil, bei deiner enormen Kraft." sagte Lina spöttisch.

„Immer ich... Na, dann mal los."

Da tauchten auf der anderen Seite des Flusses auch schon unsere Möchtegern-Indianer auf, in voller Kriegsbemalung. Sie schrien voller Inbrunst:

„Ihr Banditen, jetzt seid ihr fällig!"

Im Nu flogen uns Walnüsse entgegen, das tat ganz schön weh. Durch unsere Unachtsamkeit sahen wir die Stromschnelle vor uns nicht. Die Badewanne kenterte und Lina und ich fielen in das noch sehr kalte Wasser. Wir kletterten pudelnass heraus, um dann zum Trocknen nachhause zu laufen, wo uns eine heftige Erkältung niederstreckte. Nach deren Genesung kam das nächste Abenteuer an der Bahnlinie, wo damals noch Dampfloks fuhren. Jedes Mal, wenn diese Metallgiganten Dampf abließen, war es für uns wie ein Angriff von Godzilla, mit der Lautstärke eines Titanen. Nicht weit von den Gleisen gab es einen alten Holzstall, gefüllt mit

Heu. Günther holte eine Zigarette aus der Schachtel, die er von seinem Vater geklaut hatte.

„Auch eine?"

„Nein danke.", sagte ich.

„Dann kannst du besser scheißen.", drängte er mich.

„Nein bitte nicht...", wehrte ich mich erfolgreich.

Er paffte dann gemütlich vor sich hin. Nicht weit von uns kam schnaufend eine Dampflok herangefahren. Oh, schnell hin! Was für eine tolle Lok. Da ließ Günther aus Versehen seine Zigarette in das Heu fallen. Der Wind fachte im Nu ein Feuer an. Der ganze Stall ging in Flammen auf.

„So ein scheiß, schnell weg von hier, bevor die Feuerwehr kommt!"

Gott seid Dank passierte dabei nicht viel. So verging die Zeit wie im Fluge, die Jugendjahre entschwanden. Günther brach seine Lehre ab und geriet dabei auf die schiefe Bahn. Lina wurde unabsichtlich von einem Freund schwanger. Meine Wenigkeit absolvierte die Schlosserlehre erfolgreich.

Nach vielen fröhlichen Jahren in dem alten Haus, folgte eine Zeit des Trauerns. Opa Wilhelm litt stark an Diabetes. Schließlich schlief er eines Tages friedlich auf dem Sofa ein, mit einem Lächeln auf dem Gesicht. Danach bekam Oma Helene einen Schlaganfall. Weil meine Eltern beruflich wenig Zeit zur Pflege hatten, kam sie noch für ein paar Jahre ins Altersheim. Dankbar war sie immer für einen Besuch, bei dem ich ihre Hände hielt und ihr Gesicht streichelte. Nun waren auch meine Eltern alt. Wie die Zeiten sich doch ändern. Meine Erinnerungen wurden jäh unterbrochen durch das Miauen einer Katze.

„Oh komm doch mal her."

Schnurrend sprang das Tier auf meinen Schoß.

„Willst du mit mir kommen?", fragte ich sie.

Schnurrend klang es, als würde sie „Ja" antworten.

Dann wurde es schon langsam dunkel. Ich nahm die Katze auf den Arm, dann der Gang durch die Tür. Ich warf einen letzten Blick auf das Haus der Erinnerung, das langsam in der Dämmerung verschwand.

Gestern ist heute

Unglaublich, aber wahr, wie immer im Herbst, wenn der Nebel aufsteigt und die Tage kürzer werden, und der Regen durch die Kleidung dringt, ist es die Zeit mal wieder ins Kino zu gehen. Nicht weit von der Innenstadt gibt es ein wunderschönes Nostalgiekino, noch nicht digital. Wo auch noch alte Klassiker gezeigt werden. Halt anspruchsvolle Filme, die man sonst kaum noch sieht.

Na, dann schauen wir mal, was auf dem Kino-Plan steht.

„Der Untergang der Wilhelm Gustloff", eines der größten Dramen des 2. Weltkrieges. Am 30. Januar 1945 wurde es von einem russischen U-Boot versenkt und 4000-9000 Menschen, meist Flüchtlinge fanden einen grausamen Tod in den eisigen Fluten. Und jetzt zeigten sie eine Neuverfilmung, sie ist sicher interessant. Ich fragte meine gute alte Mutter, ob sie dieses

Drama kannte. Eisiges Schweigen war ihre Antwort. In ihrer Generation wurde nicht viel über den Krieg berichtet und schon gar nicht über Gefühle geredet. Sie sagte nur:

„Schau den Film genau an, du wirst damit die Geschichte verändern".

Was sie damit meinte, dass wurde mir erst viel später bewusst. Um 20 Uhr fing die Vorstellung an. Na, dann nichts wie los. Ich sah noch meine Mutter am Fenster stehen im Licht der alten Stehlampe, ganz erstarrt und etwas entrückt. Ein seltsamer Abschied...

Ach, dahinten kommt schon die Straßenbahn durch den Nebel gekrochen. Nanu, was war das? Kaum Leute in den Wagons. Einige schauten missmutig aus dem Fenster heraus. Kein Wunder bei dieser Wirtschaftslage, wo man auch das letzte Hemd noch versteuern muss. Bald angekommen, stieg ich erleichtert aus. Immer wieder schön anzusehen, dieses alte Kino. Ein paar Leute standen schon vor dem Eingang während es auch noch leicht zu nieseln anfing.

„Sauwetter!", meinte einer und zog seine Kapuze noch mehr über den Kopf. Na dann schnell rein. Nanu, an der Kasse war ein anderer Herr als sonst, der immer sehr nett und mitteilsam war.

„Macht sechs Euro heute, wegen Überlänge, mittlere Sitzbank.", sagte der Neue und grinste mich an mit seinen schiefen Zähnen. Sein Äußeres gab mir den Rest. Na los, jetzt aber schnell in den Saal. Es war genauso wie früher, hier gab's noch die Plüschsessel und Ablagen für Dosen und Popcorn. Na dann, mache ich es mir mal gemütlich. Neben mir waren noch einige Plätze frei. Ist auch besser so, falls man mal einen fahren lassen sollte. Etwas war aber doch sehr merkwürdig dieses Mal. Die Luft roch irgendwie nach Ozon und verschmorter Elektrik. Da fing auch schon der Projektor an zu rattern.

Wie immer liefen zuerst Werbung und Vorschau. Nun kam endlich der Hauptfilm. Es fing an mit der Flucht aus Ostpreußen durch den eisigen Winter, im Nacken die Russen.

„Sehr gute Darsteller.", kam es von den Anderen im Raum.

Was ist das auf einmal?! Es regte sich keiner mehr, nicht eine Bewegung. Alles ist erstarrt. Panik machte sich bei mir breit. Da begann die Luft zu zittern. Etwas zog mich vom Sessel zur Leinwand, in den Film hinein. Farben zogen an mir vorbei mit Lichtfontänen. Mein Körper sah aus wie ein Puzzlespiel. Dann auf einmal ein harter Aufprall in etwas weichem. Ich schlug die Augen auf und lag im Schnee.

„Wo bin ich?!", entfuhr es mir entsetzt. Ich richtete mich langsam auf und fror. In der Ferne erschien etwas...
Einige karawanenähnliche Kutschen und Pferde, die immer näher kamen und schließlich

vor mir anhielten. Eine ältere Frau erhob sich aus den anderen zusammengekauerten Menschen.

„Was machen sie denn so alleine hier draußen und was ist das für seltsame Kleidung, die sie tragen?"

„Wenn ich das wüsste... eben war ich noch in einem Kino."

Die meisten Frauen schüttelten den Kopf.

„Wieder einer der durchgeknallt ist."

„Und wo wollt ihr hin?", fragte ich in meiner Verzweiflung.

„Zum Hafen und dann mit der Wilhelm Gustloff fliehen, über die Ostsee."

Mir fielen fast die Augen aus dem Kopf. Ist das real oder Fiktion?!

„Steigen sie auf, bevor sie sich den Tod holen.", meinte ein alter Mann mit Bart.

„Die Russen werden uns bald einholen, wenn wir eine noch längere Pause einlegen."

Ein junges Mädchen gab mir einen Pullover „Oh, danke, sehr nett von dir. Du kommst mir irgendwie bekannt vor."

Ich sah in ihr schmales, schmutziges Gesicht.

„Ich heiße Brigitta."

„Oh, genauso wie meine Mutter!"

Unser Weg führte uns dann durch unwegsames Gelände, hart gefrorenes Eis und immer wieder tot gefrorene Pferde und Menschen, die am Wegrand lagen.
„Dieser scheiß Krieg ist doch wohl bald vorbei.", meinten einige laut und wütend. Aus einer

dichten Schneewehe tauchten auf einmal einige Menschen mit Gewehren auf. In Polnisch sagte der eine: „Los, her mit dem Essen, wir wollen alles was ihr noch habt, sonst geht es euch schlecht!"

Geistesgegenwärtig sprang ich vom Wagen

„Nein, die Menschen verhungern sonst".

Da schoss der eine auf mich. Aber die Kugeln drangen durch mich hindurch und flogen einfach weiter. Vor Schreck liefen sie lautstark schreiend davon. Was ist das denn, bin ich doch in einem Film?!

„Ein Geist!", riefen einige von dem Wagen.

„Aber ein Guter!", erwiderte ein anderer.

Einen Tag später erreichten wir endlich Gotenhafen im Morgenlicht. Vor uns lag das Schiff, schneeweiß gestrichen und mit zwei großen orangenen Schornsteinen. Über 200 Meter war das Schiff lang. Am Keil drängten sich unglaubliche Menschenmassen auf der Flucht, die alle mitfahren wollten. Schließlich ergatterten wir mit unserem Wagen doch noch einen Platz, um auf's Schiff zu gelangen. Ich weiß nicht, wie ich aus dieser Geschichte raus kommen soll, aber fürs erste bin ich an Bord. Am besten, ich gehe auf eins der obersten Decks. In dem Gewusel verlor ich den Kontakt zu meinen Gefährten. Es fing leicht an zu ruckeln und der Signalton des Schiffes ertönte, bereit zur Abfahrt. Meine Gedanken waren noch etwas blockiert. Jetzt aber erst mal etwas Schlaf nachholen.

Da schreckte mich auf einmal etwas auf. Es war schon Nacht.

„Oh nein, ich muss zum Kapitän und ihn vor dem U-Boot warnen!"

Es folgte ein verzweifelter Kampf nach oben,

durch die Menschenmengen.

„Was wollen sie denn hier? Zugang verboten!",
sagte einer und wollte seinen Revolver zücken.

Es war einer der Offiziere.

„Na zum Kapitän Petersen."

„Woher kennen Sie ihn?"

„Das ist lange her. Das Schiff hier soll um ein Uhr
von einem russischen U-Boot versenkt werden."

„Was?! Das ist ja allerhand! Sie kommen jetzt
mit zum Kapitän wir hatten auch schon einige
Hinweise dazu, aber noch keine Position des U-
Bootes."

Der Kapitän, ein gestandener Mann, der sehr
besonnen schien, war in den 40ern, mit Bart.
Ich erzählte ihm die ganze Geschichte.

„Unglaublich die Sache, aber ich kann es nicht zulassen, dass das Schiff versenkt wird. Die Position bitte von dem U-Boot.", sagte der Kapitän

„160 Grad Ost", sagte ich verdattert.

„Schnell einen Zerstörer auf Kurs gehen lassen!", bellte er seinen Befehl. Wir hatten nur noch eine halbe Stunde Zeit. Nervenzehrendes Warten, dann endlich eine mächtige Explosion und eine gewaltige Wassersäule.

„Kapitän!", rief ich laut, „hart Steuerbord. Es hat noch einen Torpedo abgefeuert."

„Los, voll das Ruder drehen.", sagte der Kapitän und es blieb ruhig. Es hat uns nicht getroffen! Ein Jubel, alle klatschten Beifall im Kommandostand.

„Der Dank gebührt Ihnen, trotz Ihrer unglaublichen Geschichte."

Erleichtert ging ich zu einer ruhigen Ecke des Schiffes und blickte dabei über die Reling nach unten. Da winkte mir das Mädchen Brigitta zu, meine Mutter.

Auf einmal verzerrte sich ihr Bild. Etwas riss mich durch einen Tunnel zurück. Benommen wachte ich wieder auf dem Kinosessel auf. Mein Nachbar meinte:

„Toller Film, dieser Untergang der Titanic."

„Was? Nicht der Untergang der Wilhelm Gustloff?"

„Der Film ist mir gar nicht bekannt. Leute gibt es, die wissen gar nicht was sie für einen Film anschauen.", sagte er kopfschüttelnd und drehte sich weg von mir.

War das nur ein Traum oder ein Aussetzer, ging es mir durch den Kopf. Schnell Nachhause bevor noch mehr passiert.

Meine Mutter begrüßte mich, als wenn ich schon jahrelang unterwegs war. Und meinte redselig:

„Nun kennst du die ganze Geschichte. Eine große Macht hat mit dir die Geschichte verändert und zum Guten gewendet. Deshalb sollten wir dankbar sein für jeden Tag."

Die Zeitfresser kommen

Es gab sie schon so lange wie es Menschen gibt, auf dieser Erde. Die Zeitfresser. Nur hatten sie damals noch kaum etwas zu tun, weil es kaum Technik gab. Und die meisten Menschen hatten noch viel Zeit füreinander. Alt und Jung waren noch füreinander da. Es wurde hart gearbeitet, gelacht und zusammen gefeiert. Das änderte sich so um die 1980er Jahre herum. Da wurden auf einmal ganz viele Zeitfresser geboren. Kugelförmige Wesen, die in die Köpfe der Menschen eindrangen, um ihnen die Zeit zu rauben. Die Autos wurden immer schneller, und die Takte an den Fließbändern, um sie herzustellen, auch. Dann, als die Handys aufkamen und das Internet noch dazu, da kam die große Stunde der Zeitfresser. Gekonnt manipulierten sie die Gedanken und Gefühle. So denke ich manchmal inzwischen: „Ist das alles noch normal? Das gute Freunde von früher jetzt keine Zeit mehr haben, obwohl jetzt eigentlich mehr Freizeit vorhanden ist als es früher war."

Aber es scheint nicht so. Bei einem Anruf von einem Bekannten, hört man so etwas wie:

„Na wie geht es, oh du bist es. Hab nicht viel Zeit, noch einkaufen, zur Bank und weiter. Tschüs bis zum nächsten Mal!"

Dann der nächste:

„Es gibt so viel zu tun, der Garten, die Enkelkinder, ich melde mich dann später wieder."

Von wegen. Da kann man lange warten. Und wenn man sie fragt, kommen meist nur dumme Ausreden. Manchmal frage ich mich wie das weiter gehen soll. Ist das Leben noch lebenswert, wenn keiner mehr Zeit für den anderen hat? Wenn alles nur noch schnell und schneller passieren muss und alte Menschen abgeschoben werden, um Freiraum zu haben. Wenn keine Zeit mehr ist für Poesie und kreative

Gedanken, dann ist es vielleicht an der Zeit dagegen anzugehen. Die Rüstung für mehr Zeit anzuziehen und das Schwert gegen die Zeitfresser zu erheben, solange es noch geht. Das Leben ist zu kurz, um aufzugeben, aber die Kämpfer werden immer weniger. Wie Zombies irren die Menschen durch die Städte, rastlos und ohne Ruhe, dort noch kaufen und hier noch Zeit sparen, aber welch Wunder, wenn ich mal beim Kaffee trinken einige anspreche, freuen die Menschen sich.

„Oh schön, da hat noch jemand Zeit sich mit uns zu unterhalten", meinte das alte Ehepaar und sie fingen an zu plaudern über alte Zeiten.

Fröhlich gingen sie davon. Ich weiß es noch ganz genau.

Einige Jahre gingen noch ins Land, da brach vieles zusammen in der Gesellschaft, wie ein Kartenhaus. Inflation, Armut und Hunger, der Strom fiel regelmäßig aus, und viele der

Menschen fingen an, durchzudrehen oder begingen Selbstmord. Es herrschte lange Zeit, dieses Chaos. Aber irgendwann war man plötzlich wieder auf den Anderen angewiesen, und sagte:

„Oh grüß Gott, schön sie wieder hier zu sehen."

Man kam wieder zusammen und übte wieder Nächstenliebe aus. Alles ging langsamer, der große Boom der Technik war vorbei, die Zeitfresser hatten verloren, zumindest für eine ganze Zeit.

Die seltsame Begegnung des Herrn X

Gestern war meine Welt noch in Ordnung, anscheinend. Die Sonne schien, als würde sie alles Verpasste der letzten trüben Monate nachholen wollen. Also machte ich mich los, auf in den Stadtpark, um nochmal unheimlich viel Sonne tanken zu können. Na, dann den Rucksack gepackt und los geht's, dachte ich mir. Oh, tatsächlich waren viele Leute unterwegs, sie alle hatten ein Lächeln auf ihren Gesichtern. Ein kleines Mädchen ließ einen Luftballon flieger:

„Oh Mama schau mal, wie der sich im Wind dreht!"

Ich blickte dem Ballon sehr sehnsüchtig nach. Kind müsste man noch einmal sein. Doch da fand etwas Merkwürdiges statt. Der Ballon blieb wie angenagelt in der Luft stehen und auch dem Vogel, der neben ihm in der Luft flog, passierte das gleiche. Dann, eine Minute später, bewegten sie sich wieder. Erstaunt fragte ich die Mutter und das Kind:

„Habt ihr das auch gerade gesehen? Was war das denn?"

„Nein, was denn?" meinten sie.

„Oh nicht so wichtig, alles gut…"

Ja bin ich denn nicht mehr Herr meiner Sinne?! Ach, wahrscheinlich war es nur eine optische Täuschung. Also ging ich weiter, um mir keine Gedanken mehr machen zu müssen. Als ich dann an den Eingang des Parks gelangte, stand da ein alter Bettler.

„Lieber Herr… einen Euro bitte."

„Hab keine Zeit, sieh zu wie du zurechtkommst."

Statt Geld schmiss ich ihm einen Bierdeckel in den Hut.

„Danke me n Herr... wir sehen uns bald wieder.",
meinte er düster.

Was meinte er damit? Während ich mich wieder
zu ihm umdrehte, war er auch schon wieder
weg. Einfach so weg. Unglaubliche Sachen
passierten mir heute, die es eigentlich gar nicht
wirklich geben kann. So jetzt aber wieder
normal denken.
Kaffeedurst machte sich auf meinen
Geschmacksnerven breit. Ach ja, dahinten ist
der kleine Kiosk, da konnte ich mir einen holen.

„Einen großen Kaffee bitte."

Unter dem Tresen kam nur eine große Hand
hervor, die den Becher drauf stellte.

„Macht 2,30 Euro.", sagte eine blecherne
Stimme eindringlich.

„Bis bald..."

Ich nahm wütend den Becher und ging zur nächsten Bank. Na ja, was soll's, dachte ich mir und hob den Becher an meinen Mund. Nichts kam heraus. Ich nahm den Plastikdeckel ab. Ich erschrak. Ist das nur ein Bierdeckel darin? Will man mich hier verarschen oder nur einen Streich spielen? Vor lauter Aufregung viel der Becher aus meiner Hand und zerbrach in viele Einzelteile. Oh, jetzt einmal abschalten und die Augen schließen. Nach einer Weile öffneten sich meine Augen wieder, um zu schauen, ob alles wieder normal sei. Da stand neben mir plötzlich eine dampfende Tasse Kaffee. Vor lauter Schreck übergab ich mich und lief davon. Leider nur, um dann einige Meter weiter gegen eine unsichtbare Wand zu laufen, die mich bewusstlos niederstreckte. Beim Aufwachen tat mir alles weh, als wenn mich eine Dampfwalze überrollt hätte. Ich stand dann, ziemlich wankend, auf, um zu einigen Personen zu gehen, die nicht weit entfernt von mir standen. Oh Graus, sie rührten sich überhaupt nicht, keine Bewegung. Und auch um mich herum war alles still, kein Wind. Nicht weit weg auf der Straße bewegten auch die Autos sich nicht mehr. Es wirkte, als würde die ganze Welt stillstehen. Da kam auf einmal etwas Bewegung am Ende der Bank auf. Es sah aus wie ein flatternder Mantel der sich schnell um sich selbst drehte und hin und her huschte. Mal neben mir, dann wieder weiter weg, um sich dann als eine Gestalt zu formen.

„Was bist du?", fragte ich verdattert.

Er sagte in einer sehr dunklen Stimme:

„Dein Gewissen, dass du so oft verleugnet hast. Um es mal so zu sagen hier. In meiner Welt geht es gerecht zu, bei dir und deiner Vergangenheit fehlt noch eine ganze Menge dazu, angefangen beim Fremdgehen, wo doch deine Frau so liebevoll ist."

Meine Kehle begann sich zuzuschnüren.

„Deine zwei Kinder hast du die ganze Woche über nicht gesehen, deinen Hund nur getreten, wie einen Bastard. Die Karriere, das Geld und der Geiz bestimmen dein Leben. Wenn nur das zählt, musst du noch eine ganze Weile hier bei mir aushalten."

Es schmiss mich zu Boden. Der Schmerz meiner Vergangenheit durchflutete meinen ganzen Körper. Die Tränen flossen an meinen Wangen hinunter.

„Weinen ist immer gut, es reinigt die Seele. Lass uns nun ein wenig gehen."

Das Gewissen zeigte mir viel über Vergebung, den Nächsten zu helfen und auch abzugeben. Die Läuterung gelang dann mit viel Einsicht. Das Gewissen nahm mich in die Arme, um mit mir zu verschmelzen. Plötzlich durchzuckte mich eine Spannung. Da begann sich plötzlich alles wieder zu bewegen. Die Leute begrüßten einen und lächelten einem zu. Ich ging dann nach Hause, um ein neues Leben zu beginnen. Herzergreifend nahm ich meine Frau, die Kinder und meinen Hund in die Arme.

Das wundersame Feld

Seit Jahrhunderten lag es fast unberührt da, nur umsäumt von alten Bäumen, die das Feld mit ihren Ästen streichelten und mit ihren Blättern mit Humus versorgten. Dann aber, als Menschen sich dort ansiedelten, verbunden mit dem Abholzen der mächtigen Bäume, brachte das Feld lange keine Früchte mehr hervor.

Solange, bis sich einige Bauern überlegten, Hecken um das Feld zu pflanzen. Dadurch fanden viele Vögel und Insekten wieder ein Zuhause. Manche Bewohner berichteten immer wieder von merkwürdigen Lichtern über dem Feld, immer dann, wenn der Abendnebel darüber lag. Es geschah an einem Sommertag, der alles nochmal verändern sollte.

„Karl, sag mal, hast du das auch gesehen? Die Gurken und der Kohl auf deinem Feld sind so riesig."

Ich zeigte ihm zum Beweis eine Gurke mit einem Meter Länge.

„Das gibt es doch nicht. Vor ein paar Tagen war alles noch normal. Lass uns doch mal zum Feld fahren, das kann es doch gar nicht geben."

Dort angekommen trauten sie ihren Augen nicht. Riesige Sonnenblumen, bis zu 4 m groß. Blumenkohl so groß, dass man sich drauf setzen konnte.

„Da hast du aber einen besonderen Dünger eingesetzt.", meinte Paul.

„Nein, nein, einen ganz normalen."

„Was denn, was denn, willst du mich verarschen?"

Am nächsten Tag geschahen dann noch mehr seltsame Sachen. Die Tochter von Karl, Lisa, fuhr mit ihrem Fahrrad durch eine lichtdurchflutete

Landschaft zum Feld. Sie staunte nicht schlecht über die riesigen Sonnenblumen dort. Sie bewegte sich voller Interesse auf die Größte von ihnen zu, als eine Stimme mit einem freundlichen Ton auf einmal aus ihr drang.

„Erschrecke nicht junges Menschenkind, wir sind euch freundlich gesinnt. Über viele Jahre, inbegriffen eure Vorfahren, habt ihr dieses Stück Land gehegt und gepflegt. Wie den Garten Eden, vielen Dank dafür."

Lisa fragte ganz aufgeregt:

„Wie kann man denn durch eine Sonnenblume reden?"

„Das ist unser Geheimnis."

„Oh schön, dann können wir uns ja öfter unterhalten."

„Ja bestimmt. Nun aber, geh zu deinem Vater

und sag ihm er soll zu mir kommen für eine wichtige Mitteilung."

Dann sah es so aus, als würde die Blume lächeln.

Vater und Mutter von Lisa hielten sie nach ihrem Bericht für überdreht von den vielen Märchenfilmen, die es im Fernsehen gab. Aber so ganz ließ Karl die Sache nicht los.

„Vielleicht ist ja doch was dran an der Sache.", meinte er grübelnd zu sich selbst. „Die vielen riesigen Gemüse sind ja nicht mehr normal."

Am darauffolgenden Tag juckte es ihm in den Fingern. Er nahm seinen Traktor und zuckelte zum Feld. Während er sich dem Acker näherte, schaute er sich um, dass ihn auch ja keiner beobachten konnte. Alles schien unauffällig. Ach, wohl alles nur Träumereien von meiner Tochter, dachte er. Als plötzlich neben ihm eine Stimme aus der Sonnenblume ertönte.

„Karl, wie geht es dir?"

„Oh Graus, doch keine Spinnerei... Bis vor ein paar Minuten ging es mir noch gut.", antwortete er verunsichert.

„Es gibt wichtige Mitteilungen für euch, ja für den ganzen Planeten. Es bleibt nicht mehr viel Zeit für diese Welt."

Karl, schluckte heftig.

„Überall auf diesem Planeten gibt es solche Äcker, wie diese. Mit einem Geheimnis darunter welches euch befreien wird. Und dann Schande über diese Welt. Ihre Schlechtigkeiten, Kriege und Gemeinheiten, wo sogar die Liebe erfriert im Blut der vielen. Die Augen der Kinder, weit ins Leere blicken. Gerettet werden nur die, die reinen Herzens sind. Und andere Menschen aufgenommen haben in ihrer Not. Der Freudentanz der schlechten Menschen ist bald vorbei. Bald wird sich eure Sonne in eine Supernova verwandeln, aber ihr werdet von einer neuen Welt gerettet, in der es gerecht zugehen wird. Alle Tränen werden dort abgewischt. Jeder achtet dort jeden, die Löwen und die Lämmer leben friedlich zusammen. Die Sonne scheint immer und es wird keine Nacht mehr geben. Dies ist die gute Botschaft für jeden der Sie annimmt. Nun geh und sag es allen weiter, die ein offenes Ohr dafür haben."

Wie ein Hammer traf es Karl, der weinend im Gras niederkniete.

„Das ist gut.", meinte die Stimme.

Es waren nicht alle für einen neuen Anfang. Im Dorf wurde inzwischen gemunkelt über den unheimlichen Acker. Zwei Männer im Gasthaus tranken sich Mut an und gingen mit einem spaten zu diesem unheimlichen Ort.

„Vielleicht liegt hier ja die Bundeslade

vergraben, verschollen unter dem Feld", kam es hämisch rüber.

Schließlich, nach anderthalb Metern graben traf der Spaten auf etwas metallisch Klingendes.

„Oh, vielleicht doch ein Schatz."

Da fing es auf einmal an, rot um sie zu leuchten. Ein Strahl traf die beiden Männer, und im Nu waren ihre Körper verdampft. Nur eine Hand voll Staub blieb übrig, die der Wind davon trug. Dann nahte der Tag der Tage. Karl und seine Familie bekamen eine Nachricht, sich auf den Weg zu machen und alles hinter sich zu lassen was ihnen lieb und teuer ist. Blutrote Wolken zogen über den gelben Himmel und kündigten das unvermeidliche Unheil an. Angekommen am Feld ertönten laute Posaunen zum Aufbruch. Gigantische Erdmassen gerieten in Bewegung und rutschten zur Seite weg. Da tauchte es auf, ein riesiges Objekt, geformt wie eine Träne, metallisch aussehend. An der unteren Seite entstand eine Öffnung. Heraus traten engelhafte Lichtwesen.

„Kommt schnell herein, die Zeit drängt."

Helles Licht kam ihnen entgegen. Da liefen ihnen auf einmal ein kleines Ferkel und eine Katze umher. Das ist ja wie zuhause, meinte die Mutter verwundert. Ja, das ist eure persönliche Arche Noah, mit Tieren und Saatgut für die neue Erde.
Lisa hatte die Katze direkt liebgewonnen und nahm sie in der Arm. In einem Irrwitzigen Tempo hob das Raumschiff ab, um sich im Weltraum mit den anderen Archen zu treffen, für einen Flug durch den Hyperraum. Es war, als bliebe die Zeit stehen und 1000 Jahre bildeten einen einzigen Tag. Als die neue Welt erschien, leuchtete diese wie 1000 Diamanten.

„Nun seid ihr am Ziel allen Lebens. Von nun an bepflanzt ihr diesen neuen Planeten, segnet die Tiere und die Menschen darauf, für immer und ewig. Glücklich sind die, die es annehmen."

Dankbar und glücklich nahmen alle an Bord dieses Geschenk an.

Die Frau mit der Geige

Die Freude auf meine neue Wohnung war sehr groß. Endlich weg aus diesem ehrenwerten Haus, wo jeder den anderen beobachtet und einem etwas unterstellt, wenn man einen Fehler macht. Hier in dieser neuen Wohnung, im dritten Stock, war meine Hoffnung groß, dass alles ruhiger wird. Und tatsächlich, nach einer Zeit des Einrichtens kehrte eine Ruhe ein. Auch der Blick aus dem Fenster zum Hof war einladend und mit viel Grün drumherum. Mein guter Wellensittig zwitscherte fröhlich vor sich hin, wie auch die Vögel draußen im Frühling. Den Winter hatten wir einfach vor die Tür gesetzt.

Eines Abends, bei einer schönen heißen Tasse Tee, schaute ich aus dem Fenster zu dem anderen Wohnblock gegenüber. Da erblickten meine Augen, auf einem Stuhl sitzend, eine Frau, deren langes Haar sich über die Schultern nach unten wellte. In der Hand eine Geige, die sie lieblich umfasste und dem geöffneten Fenster und mir eine herrliche Musik entgegenstrich. Was für wundervolle Töne, die mein Gemüt erhellten. Es war so, als kannte ich die Person dort drüben schon eine kleine Ewigkeit. Gedanken durcheilten meinen Kopf, sie einmal anzusprechen. Eines Abends rief ich ihr durchs offene Fenster entgegen:

„Gute Frau! Sie spielen so wunderschön die Geige. Es ist entzückend und schön."

Keine Antwort. Blitzschnell wurde es dort drüben dunkel. Ein heftiger Wind kam auf, der ihre Fensterläden verschloss. Sehr unklar schien mir diese Situation. Das Geschehene ließ mich die ganze Nacht nicht in Ruhe. Ich fasste den Entschluss, dies genauer zu untersuchen.
Am nächsten Tag führten meine Schritte mich zu dem Wohnblock gegenüber. Ich hatte keinen Plan. Also einfach Mal hier unten klingeln, bei Familie Hinzel, dachte ich mir. Da öffnete sich auch schon die Tür und eine ältere Dame trat heraus.
Sie sagte etwas verärgert:

„Keine Werbung oder Vertreter!", und wollte die Tür schon wieder schließen.

„Nein, nein, gute Frau, nur eine Frage bitte!"

„Ja was denn bitte?"

„Im obersten Stock spielt eine wunderschöne Frau die Geige. Wissen sie, wer die Frau ist oder wie sie heißt?"

Ein Blick der Verwunderung kam mir entgegen.

„Guter Mann, das kann nicht sein. Vor einem Jahr ungefähr wurde die Frau, Emilie, von ihrem Mann wegen Eifersucht ermordet."

„Aber ich sehe sie doch jeden Abend hinter dem Fenster spielen!"

„Dann trinken sie wohl zu viel", und sie knallte mir die Tür vor der Nase zu!

Niedergedrückt, voller Wehmut, führten meine Schritte mich wieder zurück. Was ist es denn dann dort drüben? Ein Geist oder eine Halluzination? Da bildete sich etwas wie eine Wolke vor mir und auf dem Boden sammelte sich etwas, das wie Mehl aussah. Darin bildete sich ein Satz.

„Wir sehen uns bald."

So schnell es erschien, so schnell wehte ein Windhauch es auch wieder weg. Sowas gibt es doch nicht, dachte ich und lief gehetzt die Treppen zu meiner Wohnung hinauf. Ich setzte mich und goss mir einen Whiskey ein, kam dadurch aber auch keinen Schritt weiter. Später schlief ich dann erschöpft in meinem Sessel ein. Viele Stunden später in der Nacht strich etwas über mein Gesicht, wie eine Melodie von einer Geige, sanft und zärtlich. Ein Schatten, der sich zu den Umrissen einer Frau verformte, schwebte auf mich zu und hauchte flüsternd:

„Du bist der Mann, auf den ich ewig gewartet hatte. Mitfühlend, sensibel und offen für Gespräche."

„Was meinst du damit?", fragte ich stotternd vor Angst. „Ein Geist bist du doch wohl.", kam es aus meinem Mund.

„Ja, aber vielleicht nicht für immer, lass uns das später klären. Ich heiße übrigens Sandra."

„Und ich Maik."

So begann eine wunderschöne Romanze. Die ganze Nacht verging wie im Fluge. Wie im Traum ging es mit ihr schwebend über die ganze Welt. Wie in einem großen Tanzsaal bewegten wir uns durch die Nacht. Ganze Reiche und Schlösser gehörten uns. Wir tanzten durch Gärten, Wiesen und über dem Meer. Als aber der Morgen kam, sagte Sandra traurig:
„Ich muss wieder zurück in meine Welt. Bis bald

Liebster."

Es ging eine ganze Weile so weiter mit uns. Eines Nachts sagte ich zu ihr:

„Irgendetwas fehlt mir. Eine Frau aus Fleisch und Blut."

Sie stimmte mir zu.

„Es gibt nur eine Möglichkeit. Du musste etwas von deinem Blut auf etwas, was von mir übergeblieben ist, träufeln. Schau in meiner Wohnung nach."

Gott sei Dank war sie noch immer unbewohnt. Und im Schlösser knacken war ich recht gut. So leicht war es dann aber doch nicht. Ich brauchte einige Versuche und fürchtete schon, die Nachbarn, könnten auf mich aufmerksam werden. Ich schaffte es aber letztlich, reinzukommen. Die Suche erwies sich als äußerst schwierig, wie die Nadel im Heuhaufen.

Aber da! Ein Stück bemalter Fingernagel in einer Ritze. Ein Stein fiel von meinem Herzen. Ich wartete gespannt auf den Abend, dass es dunkel werden würde. Die Zeit schien wie angewurzelt stehen zu bleiben. Aber dann endlich erschien Sandra. Ich nahm das Stück ihres Nagels und legte es auf den Tisch.

"Oh bitte!", rief sie, „tu es!"

Ein kleiner Schnitt am Finger und das Blut tropfte auf den Nagel. Plötzlich schien es, als wenn das Raum-Zeit-Gefüge zusammenbrach. Irre Farben durchflossen meinen Körper. Sandras Körper nahm immer mehr Form an. Bis sie körperlich vor mir stand, und mir in die Arme fiel. Endlich war alles überstanden. Von nun an begann eine glückliche Zeit des Verliebens und einer baldigen Hochzeit, auf der Sandra auf der Geige spielte. Auch Nachwuchs kündigte sich bald danach an. Ein paar Jahre später meinte meine Tochter zu mir:

„Mama benimmt sich manchmal wie ein Geist."

„Ja, da hast du vielleicht recht. Aber das erklären wir dir später irgendwann mal."